爱与美味
不可辜负

林安澜 著

图书在版编目（CIP）数据

爱与美味不可辜负 / 林安澜著. -- 北京：北京联合出版公司, 2025. 9. -- ISBN 978-7-5596-8642-8

Ⅰ. I247.5

中国国家版本馆CIP数据核字第2025AH8294号

Copyright © 2025 by Beijing United Publishing Co., Ltd.
All rights reserved.
本作品版权由北京联合出版有限责任公司所有

爱与美味不可辜负

林安澜 著

出 品 人：赵红仕
出版监制：刘　凯
策划编辑：李　欣
责任编辑：李　欣
特约编辑：邓永腾
封面设计：黄　琴
内文制作：黄　琴

北京联合出版公司出版
（北京市西城区德外大街83号楼9层　100088）
北京联合天畅文化传播公司发行
北京美图印务有限公司印刷　新华书店经销
字数132千字　880毫米×1230毫米　1/32　8.75印张
2025年9月第1版　2025年9月第1次印刷
ISBN 978-7-5596-8642-8
定价：50.00元

版权所有，侵权必究
未经书面许可，不得以任何方式转载、复制、翻印本书部分或全部内容。
本书若有质量问题，请与本公司图书销售中心联系调换。电话：（010）64258472-800

目 录

序 言 /001

第一部分　掌勺美味人生

1.1　家有美厨娘　/005
回到城里，碧儿在她家楼下的简餐店里点了份煲仔饭，她默默地把一大钵饭全吃了。决绝地沉默。那是她的午晚餐。她觉得，她不再怕什么了。

1.2　当美厨娘遇到霸道大厨　/010
后来的这九天里，离别的滋味一直在密集地预演着，念念的恋爱心情就仿佛往焦糖玛其朵咖啡里注入了白兰地，甜蜜，又带有一种热烈的忧伤。

1.3　芭比厨房喜重逢　/016
念念黏了过去，拦腰抱住阳帆，右脸贴在他的背上，一动不动。想着这一方天地和这个男人将是她以后生活的主要构成了，有一种今夕何夕的宿命之感。

1.4　温暖靓汤与写意水墨　/022
吃了几口，陆辉突然感到打心底里涌上一种放松和温暖。这才觉得从自我拔高的生活中脱离一会儿，竟是这样的舒服和享受。

1.5 因你不变的爱，我欢喜愉快　/ 028

你也不是基因突变，而是你父母保护你，让你没有"顽强"的前提条件。以后轮到我保护你，让你继续不知道"顽强"为何物。

1.6 世界上最圆满的事　/ 032

陆辉又把其余的千层糕一块一块地推给她，他知道她最强烈的情绪表现就是吃。碧儿把四份千层糕全吃了，连装饰的四对小薄荷叶也一并吃了。她觉得世界上最圆满的事也不过如此了。

第二部分　多肉植物总动员

2.1 诺亚方舟的真相　/ 039

而平日里，微微偏头前倾，执拗地要撞墙的表情，却是简欣的专属 ID 表情。Tonny 倒真心希望简欣能带着公司飞檐走壁又穿墙，像宇博说的那样，能闯出一条路来。

2.2 多肉植物的挑战　/ 048

"嗯，多肉有心、有力、有权，所以可以的。来的时候没想到是这样一个状况，不过觉得挺有挑战性，还蛮期待出手逆转一下的。"她想了想，又幽幽地说，"不过在这样特殊的环境，这'三有'中缺哪一样多肉都会死得很难看，呵呵。"

2.3 蜜桃格林的魔法　/ 052

不过简欣仍相信，不管现状怎样，都应该有最合适的阳光和养分把这个团队的生态养护好，好的团队又能激发员工的工作能量，这样公司和员工才能一起成长。这是简欣的光合作用方程式。

目 录

2.4　若歌诗的心事　/ 059
"长得像混血儿也算。谈没谈到是一回事,有没有这种可能是另一回事,我没说他一定想要做什么,是潜意识造成的意识混乱,最后他无法收拾残局,就是这样的。你太美了,绝对是优势,但要比其他人多做一件事,就是要有意识去规避这种不必要的时间成本。"

2.5　多肉植物总动员　/ 066
"没办法,我这种夹心饼干,对上为员工讨福利,对下为老板讨效益,压力山大呀。"

2.6　芭比厨房的无米之炊　/ 071
不过最让简欣欣喜的还是芭比厨房的案子,简欣知道,点子是越做越有的,所以大案子有大案子的好处,有不断探索的空间,而深耕深挖出点子的快感又是与大案子的营收成正比的,真是双嗨的节奏。

2.7　爱与美味手牵手　/ 078
"简欣,不管是不是有方方面面的不确定,坐等肯定不是最好的方法。向好的方向发展,也是一步一步积累出来的,助力半步都是实实在在的进步。我们确实不能太过理想化、想当然,不过你这样坐等花开的精算法还是太消极了,哈哈。"

第三部分　与美食共舞

3.1　跑步前进美厨娘　/ 089
都知道指挥是写意的,执行是工笔的,在阳帆分身乏术不常在店里的情况下,这种写意-工笔流程就显得尤为突出。都知道工笔最是要耐心细致、有条不紊,可念念就是不由自主地用力生猛,仿佛在工笔画上肆意泼墨,状况百出。

3.2 四美数独记 / 094
不过一跟她说话，她立马恢复神清气爽、和颜悦色。神清气爽是本源的，和颜悦色是职业的。念念感到简欣永远有一种心有余力的自在从容，仿佛有着大大留白的写意画，空空的，满满的。

3.3 双生花 / 100
小纪道："另起炉灶也要找一班合作伙伴，也要当实验室小白鼠，我们现在不正好有一班合作伙伴，不正当着实验室小白鼠吗？"

3.4 芭比厨房的魔法版图 / 110
她这才意识到自己失态，笑了，她也不松手，干脆耍赖跩跩地扬起下巴凑近云驹的脸，酷酷地说："告诉你什么是淑女，抵挡得了进攻，阻止得了撤退，才是淑女。"

3.5 蜜桃格林与黑暗料理 / 120
她不觉得要控制什么，别人也不觉得被控制。嬷嬷就一直这样，好像妙手美厨娘，手上有些什么食材，都能因地制宜做出美味，所以嬷嬷的成长岁月并没有什么不开心。

3.6 魔法欣视界 / 131
见孩子们面面相觑说不上来，简欣笑道："好吧，简老师告诉你们：第一，我们生活在千千万万的关系中；第二，要用感恩的心、阳光的心态看待这个世界；第三，要从千千万万关系中找出规律，造福人类、造福地球。"

3.7 爱与美味不可辜负 / 143
给念念做的愿景三道菜"爱与包容""同心协力""快乐活力"，其实也是伊佳自己对爱与家的愿景，被简欣、嬷嬷、念念点了赞，Tonny 也很赞同，伊佳很满足。当然满足不只是因为案子创意，而是最爱的人和最好的朋友，都妥妥的，"船队"着，这是伊佳最满足的。

第四部分　前因后果

4.1　无辣不欢　/161

"其实倒像是女人辣，娇俏可人，尺度刚刚好，太重口味就不像女人了，"伊佳突然说了一句，想了想又说，"像一个女人身体里住着几个自己。"

4.2　初心可欣　/173

学妹如数家珍。嫫嫫幡然醒悟，开心地说："这杜老师跟我倒是双生花，生活魔法师。所以，欣姐，咱俩真是双生花呢，你说是不是呀？"

附　录
故事 1　嫫嫫的龙门阵

端倪　/183

似乎找不出与以往有多少不同，嫫嫫就是感觉到不对。嫫嫫一向不给自己设立场，不过套进杰铭的 T 恤，仿佛切入杰铭的视角，嫫嫫一下子感受到杰铭的立场。

嫫氏压阵脚　/188

平时吴戟不做方案，这次嫫嫫忙不过来才让他先着手。看到吴戟做的案子，嫫嫫突然放松下来，也不官腔了。可谓势均力敌时才会感觉到竞争，发现对手根本不可能追上自己时，似乎可以谈谈友谊了。

你滋我润姐妹淘 / 194

小田回家前也是算过各种账的，算钱很明显，她亲自带娃比用自己工资请保姆划算，对孩子来说，妈妈亲自带也远比保姆带强。大家都觉得算法理所当然，可是没人帮她自己算过账。某次她主动问她老公，让老公给她算个账，她老公说，你那个破工作不算啥事业呀。小田无力反驳。

户主及执行户主 / 198

"心理建设，心理建设你知道吗？嫫嫫！嫫嫫的帅老公在吗？在。蟠桃爸在吗？在。喂奶工程师在吗？在。换尿片工程师在吗？在。摇篮工程师在吗？在。嫫嫫妈的实诚女婿在吗？在。总动员集结成团，才能上楼冲锋陷阵呀。"

嫫嫫的龙门阵 / 202

前些天就像是新手开车那会儿，感觉拖着庞大的肉身在行走，不过现在觉得是庞大而轻盈的肉身，不知这是不是欣姐说的从大明白到大自在的距离。

杰铭的昨天 / 205

都说念念的爱情文艺，都说二纪的爱情传奇，就我嫫嫫像个爱情的看守员，其实我嫫嫫的爱情才文艺传奇呢。昨天还跟蟠桃外婆说，我是嫁得好，杰铭是娶了个宝，没有比这更贴切的爱情说明书了。

小田的包袱 / 209

小田觉得成年前靠父母很正常，成年后应该靠自己靠老公，这儿明明摆着一个所谓事业有成的老公，他却谈钱色变。谈恋爱时，小田一个委屈脸就能搞定各种事，婚后本来还一直奏效，关键时刻掉链子了，慢慢就失效了。

目　录

二纪的一方天地　/ 215

她见二纪道："那时，我是什么题都能做，很享受没啥难得倒我的飒爽；他是热爱做题，简直沉迷在数理化里，他才是真爱呀。现在发现，他的人生仿佛更正确，我这么一路顺风顺水过来，反而感觉迷失方向。"

小屯的钝哲学　/ 219

想想她们几个跟吴戟说话，多少都有点说教痕迹。幸好有小屯，没想到小屯这么能讲、这么耐心，平时可看不出。看来吴戟真的是小屯捏出来的，他俩都觉得自己被低估了，感同身受、互相认可，所以才走到了一起，看来被认可是最好的良方。

新的一天　/ 223

保姆说自己家就是重男轻女，所以不得不早早出来干活，供哥哥和弟弟上学，说"我知道你们都拿我那个'职业女性'口头禅当笑话，我从小功课不比哥哥、弟弟差，我读了大学还不是跟你们一样请保姆。你们要好工作、工作好，我还不是一样"。

故事 2　子珊的港湾

大草小草　/ 231

大草还在呼呼大睡，再看女儿小草房间，小草也还在酣睡。子珊脸上弥漫着笑意，因这两棵草，她心情很好。子佩走了，小草终于留下来了，小草终于妥妥地留在自己身边，真实，不再是幻象。这些天，大草小草在家里闹闹喳喳，这是家里没有过的，是全新的感觉，子珊感觉整个屋子都焕然一新。

小草启动练妈模式　/ 238

大草望着子珊道："你本来就没有错，身体复原最重要，还有，你不是一直快乐着的吗？快乐就好。不过，不能只在阁楼上画画，外面世界太丰富了，多看看，多经历，更快乐。我也是叛逆着过来的，哪些要叛逆，哪些要循规蹈矩，我也一直没有理清楚，跟你一样。一件一件慢慢理吧，时间长着呢。"

有五味杂陈的水墨画儿吗？　/ 246

"你离地表妞还有些距离呢，地表妞不是一辈子只遇到愉快，而是遇到愉快或不愉快都能活成愉快。不过我肯定你很快就变成地表妞了，能自制毕加索画风逻辑，还能给家里搅和出卡通动画片般和谐的宜家宜室地表妞，哈哈。"子佩显然并没有水墨回来，不过苦口婆心显然起作用了。

大草的地表妞们　/ 254

小夏站起身来，手指戳下镜框，手背擦了下被汗水打湿贴在额头的刘海，也就是一个瘦小女学生模样，不说话却头头是道："既然你的纯天然成本高企，不如就此好好享用。搞艺术的对纯天然是真爱，尤其像你这种一尘不染的美，所以你这段婚姻也会很长久。"

子珊的港湾　/ 261

大草言之凿凿，接着转头望着子珊道，"如果你只是配角，惊鸿一瞥，很容易只留下惊艳；如果你是主角，在聚光灯下了，在琐琐碎碎中无从遁身，自然好的和不那么好的都被看到。喜欢你的，能包容你的好和不那么好，所以在这里当我家的主角挺好，不需要当惊鸿一瞥的仙女。"

注　释　/ 269

序　言

因单位食堂招标，我跟招标组同事们一起去了几家供应商的农作物基地和净菜加工厂进行调研。新鲜有趣的经历激发出了我的写作灵感，加上多年工作、生活阅历，我着手写了这本《爱与美味不可辜负》。正如书中简欣所言，点子是越做越有的。写着写着千头万绪，写完第一部分"掌勺美味人生"，又忍不住写了第二部分"多肉植物总动员"；写完"多肉植物总动员"，又忍不住写了第三部分"与美味共舞"。好不容易用第四部分"前因后果"两节暂时收了个尾，仍意犹未尽。接着，又写了衍生小说《嫫嫫的龙门阵》和《子珊的港湾》。

书中有这样一群姑娘：与美食共舞的念念觉得，人生不过是一方天地和一个男人，守着这方天地、守着这份俗世的温暖便是幸福。擘画"魔法赛道"的伊佳则觉得，最爱的人和最好的朋友都妥妥地"船队"[1]着,这便是最满足的。古灵精怪的嫫嫫则喜欢用酸甜微辣的嫫式语言控制着她的各阵营阵列,跳着嗨着前进,这是她的安全感。相信光合作用的简欣则永远有一套大视野、小生活的"欣"视界,出世入世、行走自如,带领着姐妹们走出人生大自在。

  书中几位姑娘已是我生命中不可或缺的一部分,她们可能是朋友,是姐妹,是女儿,也可能是我自己。正如书中伊佳所言,女人的身体里可能住着几个自己,每个女人都可能像五色花一样多姿多彩,所以姑娘们的故事还有很多,爱与美味的故事是讲不完的,我会继续写下去。

——林安澜

第一部分

掌勺美味人生

1.1
家有美厨娘

碧儿那翠绿色无袖夏装更衬得她那白白胖胖的手臂似藕节儿一般,再加上她圆圆的脸上如民俗年画娃娃的眉眼,按她自己的话则是"再胖一点就像一尊大阿福了"。碧儿若有所思地走进办公室,肉嘟嘟的步伐照例亲和可人,然而表情却是傲娇的,她的确是位傲娇的辣妈。陆辉离家那几年,她进进出出更是一副严阵以待的傲娇表情。这几天她似乎又开始严阵以待地傲娇起来了,而她的下属们却全然不知,更不知道所有有关念念的话题都会像雪桶游戏[2]一般让她激灵灵打寒战。在下属们眼里,她只是一如既往心满意足的样子,一副"话剧"腔调,开口便是:"你听我说嘛——"

她的声音是那样娇俏婉转,所幸与她美丽可人的脸并不违和,大家觉得碧儿本该是这样的。

"你们听我说嘛,"她婉转地重复道,"早上一起床,还以为自己在法国呢，满屋子甜得发腻的空气，呼吸着的都是卡路里。念念啊，现在隔三岔五烤面包呢，还说'妈妈，以后你就享福了'，这样享福岂不是要像发面团一样发起来哦。"

大家伙儿调侃道："碧姐姐，你现在就是坨发面团啊。"碧儿咯咯笑道："我现在是还没有蒸的发面团好不好。"

场面看上去轻松愉快，可是事实全然不是这样的。碧儿转身走进自己的办公室，便长长地舒了一口气。坐下来，对着桌子上的小镜子做了个上拉嘴角的动作，督促自己继续振作下去。今天主动提及念念，也是想尽快摆脱那种左不是右不是的坏心情。自从陆辉离开后，碧儿将全部的感情都倾注在女儿念念身上，希望她事事遂自己的心愿，幸福得像花儿一样，是那种织锦上簇拥着的花儿，充满着热闹的暖色的幸福感。想着念念那么美的五官，最适合穿制服了，穿上便是那种金融人士的派头，在碧儿眼里那是要比翻手为云覆手为雨的华尔街精英还要出风头。事实上，碧儿本就是要送念念去伦敦攻读金融的。

可是如今这只能是幻想了，如今似乎只有跟在念念后面戚戚地问："念念呀，你瞧你这身油烟味道，还能嫁出去吗？""念念啊，女人做这事儿很容易老的，你不想自己过两年就变成'油焖大虾'吧？这里没有诗情画意哟。"

也看过很多类似电视剧，每次看都觉得理所当然，这次剧情终于落到自己身上了。这几天，动之以情、晓之以理的各种怀柔和斥责都试过了，现在只有手足无措地看着事态的发展，本能地成了拥趸，被原始的母爱牵着走。

可是事情不仅如此。昨天念念居然说她的餐厅开业要请她爹来，碧儿第一反应是，这丫头当了叛徒。然后的反应是，那个女人也会来。一时间悲从中来，女人的思维逻辑常常是一样的，碧儿当然也不例外，想想自己这么努力工作都是为了念念，这孩子怎么就一点也不考虑自己的感受呢？可是，碧儿也知道，光靠她一个人的收入，供念念这几年的留学费用还是吃紧的。她也隐隐地知道，念念转换专业也是经过陆辉同意的。似乎找不到理由说服念念，碧儿真是有点郁闷。

碧儿不知道，出席开业典礼是陆辉主动要求的，并且是一个人来，他现在的确也是一个人。

这时，碧儿才发现自己下意识把办公室门给关上了，这好像有点违反她的常规。她赶紧起来把门重新打开，以免进门时一番虚张声势的盔甲效果消失。事实上碧儿是很善于将自己全盘托出的那种人，这也许是她从出纳岗位主动转到销售后业绩惊人的原因之一吧。当初转岗是为了给念念赚学费。离开后的陆辉，本是管念念的学费的，后来不知怎么一度人间蒸发——断供了。碧儿不得已转岗，不想业绩好得连她自己都吓一跳。细细分析，不难发现其中奥妙。女人们数落老公的不是，是很容易找到共鸣的。碧儿所在公司做的是食品团购，客户经办人大多数是像碧儿这个年纪的女人。碧儿是个打开话匣子就不记得关的女人，并且她的口才也是极好的，绘声绘色，家长里短能被她说成一幕又一幕的话剧。当时这个大区的主管丽莎就这样评价碧儿："不怕她不能侃，就怕她侃得收不住。"

丽莎升职时把大部分客户介绍到碧儿这里，足以证明碧儿是达标的。丽莎笑道："到底是搞过财务的，怎么煽情都不忘靠谱。"

碧儿眉开眼笑地回应道："没煽情，是肉多有亲和力哦。"

当然，眉开眼笑之前也是哭过的。记得那年初夏，碧儿赶着去市郊一家大企业谈团购粽子的事，突然间乌云密布，大雨倾盆而下。任雨刷飞舞，还是根本看不清前面的路，碧儿不得不把车子停在路旁空地上等雨停。一时间四周车窗玻璃上只看到瀑布一样的雨水，车厢仿佛变成了一只密闭的小匣子，碧儿坐在车子里，与世隔绝一般。碧儿是有点幽闭恐惧症的，全身瑟瑟发抖。一声惊雷，又仿佛她这小匣子被投入了汹涌江河，出不去了。担心凑不齐念念学费的焦虑、对陆辉人间蒸发的绝望，以及这些日子所有的委屈统统涌上心头，碧儿在车子里号啕大哭。

哭完了，雨停了，乌云没了，天空亮堂了。碧儿抹抹眼泪又赶去那家企业讲笑话，终于拿到了一张大单子，比上年的业务员多做了几十万。技巧似乎也很简单，她就是利用每套多买多送的"主妇原则"，说服那家企业为每位员工多买了30元粽子而已。回到城里，碧儿在她家楼下的简餐店里点了份煲仔饭，她默默地把一大钵饭全吃了。决绝地沉默。那是她的午晚餐。她觉得,她不再怕什么了。可如今突然间碧儿的努力没有了目标,只剩下努力了。欣慰的是,幸好还有努力。一心为念念的初衷,却成就了自己。按她自己的话说:"这是种瓜长豆得花花的节奏。"

1.2
当美厨娘遇到霸道大厨

碧儿下班回到家,发现念念在家,这个时候念念本该在她的店里忙她的筹备工作的。碧儿在她房门口张望了一下,刚洗完澡正用吹风机吹头发的念念便撒娇地黏了过来,双手不空,于是后背在碧儿身上黏了黏又蹭了蹭,好像小熊在树桩上擦痒痒一般。念念一向爱跟碧儿撒娇,不过今天黏过来是想缓和一下昨晚提及父亲惹恼母亲的事。碧儿吸了吸气,道:"好舒服的香味,变身花仙子啦?"

念念继续撒娇道:"洗发水是表姐送的呢,香吧,香吧,还说我油烟味,哼。"

话虽这么说,其实碧儿天天念叨油烟味还是在念念心里起了化学反应的。她赶回家洗澡就是想洗掉油烟味,可是听碧儿说"香",她又赶紧闻了闻自己的头发,还好若有似无刚刚好,她不想太隆重以至于被阳帆看出来。今晚阳帆要从农产品基地回来，她已经半年没见到他了。

说到父母离异，虽说陆辉这边遮遮掩掩，碧儿那边吞吞吐吐，念念心里明镜儿似的。就像小时候，父母说她这个不懂，那个不懂，可她心里比他们谁都明白。念念总觉得父母这事儿自己也有责任，如果自己不是出国在外，听到风声后肯定会时不时地要给父亲敲警钟，也许父亲也就不至于以猪油蒙了心的节奏净身出户。偏偏父亲那段时间的工作重心在上海，母亲一时气盛签了字，后悔时已找不到人了。不然以母亲的脾气，是闹也要把父亲闹回来的。所以，阳帆不在身边的时候，念念是有一点患得患失的。

半年前，念念在留学生老乡聚会上认识阳帆，聚会地点在泰晤士河畔的一栋两层楼的百年老屋，也就是阳帆他们几个同学合租的学生宿舍。厨艺超赞的阳帆和念念被推选为聚会的大厨和二厨，他们得提前去超市购置食材。阳帆开车到她住处接她，见面第一句话便是："没想到我的厨娘长得像印度美女。"

念念莞尔。她向来跟她妈妈一样伶牙俐齿，突然间却不知道怎么接话了。阳帆迅速控制局面，说："快上车，我打算加一道咖喱牛肉，就由'印度厨娘'来做吧。"

这时念念才笑道："老乡聚会呢！哪里来的印度厨娘？"

他俩真的加买了牛肉、土豆和咖喱。阳帆还给念念买了只拳头大的帕丁顿熊，说是预先奖励厨娘的。他俩提着大包小包回到他们的聚会老屋，时间已经不早了。把东西放下，念念悄悄打量四周，厨房虽然老旧，厨具倒是应有尽有。两人在厨房忙碌的过程中，念念发现阳帆做菜方式很特别，香辣烤鱼排是用碎肉和蘑菇丁作配菜的，说是"有点肉脂烤鱼会更香"。烤鸡翅居然还要加裹花生碎和紫菜，阳帆神秘道："你肯定听说过把奶糖和花生一起放在嘴里嚼的典故吧，一个道理。"

念念听了作势大力点头，实在忍不住还是大笑起来。再看阳帆把鲑鱼切成条，与青椒丝、洋葱丝、香菜、芥末一起配成老虎菜，理由是"老虎菜怎么能不见荤，鱼条是必须的"。他还说，可惜没有那么多餐具，不然摆盘也很漂亮，完全颠覆老虎菜的形象。最好玩的是，阳帆居然把乳酪和豆腐乳和匀了吃，念念尝了尝，还真是好吃。

当然大厨也不忘表扬厨娘以示鼓励："咖喱牛肉做得不错，茄汁明虾里加了柚子酱点缀真是又好看又美味，厨娘真是好手艺。"

忙碌和说笑中，念念才知道，阳帆家里开有百年老店，还有几间分店，可能是爷爷奶奶和父辈们过于诚惶诚恐、墨守成规，从而助长了阳帆的逆反情绪，他希望自己开一间可以有更多新菜的餐馆，做一条全新的食物供应链。可惜到上菜时间了，阳帆没有继续说下去。

偏偏大家入座时阳帆又被拉到桌子的另一角，与念念之间形成了最长距离的对角线，念念心里有点失落。

吃完饭，大家K歌的K歌，打牌的打牌，阳帆则拉着念念爬到阁楼窗口看夜景。阳帆说:"我看你一筷子都没动,什么也不吃,只喝了一杯葡萄酒,噢,还有两勺乳酪豆腐乳。你是不打算给我这个大厨面子了?"

念念笑道:"试吃吃饱了,实在吃不动了。咦,你坐那么远,你怎么知道我只吃了两勺乳酪豆腐乳的?"

说完,意识到了什么,念念脸红了。阳帆自嘲道:"只是对我的厨娘有点要求嘛,谁让你是我的厨娘呢。"

就这样,在这异乡的夜晚,两个年轻人一边欣赏着泰晤士河夜景,一边聊着他的"食物链"[3]计划,应该是他们的食物链计划。念念是很认同他的计划的,也觉得在食材方面有机农产品是不可避免的趋势。并且像念念这种关注餐饮行业的吃货都知道,好的厨师都在不断改善和更新菜品,在国外的餐厅这种感受更为明显。再说,随着主妇年轻化、家庭厨房变革,延伸出更细分的市场早就不仅仅是概念了。

阳帆说:"从今天开始,厨娘也纳入'食物链'计划中了,而且要做其中很重要的一个项目,就是开一间名为'芭比厨房'的体验餐厅。"

次日,念念跟碧儿通电话时顺带说起阳帆,碧儿脑子里立马开启女婿数据识别模式,不以为然地说道:"念念呀,他们家需要的是吃货儿媳妇,而不是厨娘儿媳妇呀。"

说得念念也愣愣的,也就没有再跟碧儿谈下去。下午见到阳帆,忍不住弱弱地问:"你是觉得我的厨艺还不错,所以才想邀我合伙是吗?"

阳帆愣了两秒钟,双手捧起她的脸,深深吻了下去,直吻到她几乎透不过气来。然后看着她的眼睛,说道:"你现在还觉得我只是把你当合伙人吗?傻妞。"

念念腼腆地笑,扭过头不看他的眼睛。她也觉得自己从昨天下午开始就傻乎乎的,真的很烦自己呢。这时阳帆掏出一张纸放到念念眼前,说:"上午帮你报了个名,学烹饪,相当于休闲培训课,我也学过,纯粹是为了多了解、多比较。芭比厨房主题概念是中西合璧,我们不一定做西餐,可一定得细致了解西餐。我查了下,这个时间正好跟你的课不冲突。"

念念急了:"你也不先问问我,大男人!"

"没办法,没有时间了,我下周参加完毕业典礼就回国了。我不落实清楚,你这傻妞被人拐跑了怎么办?"

念念朝他胸口一记连环拳,笑着耍赖道:"你也要给我放老实点。"

后来的这九天里,离别的滋味一直在密集地预演着,念念的恋爱心情就仿佛往焦糖玛奇朵咖啡里注入了白兰地,甜蜜,又带有一种热烈的忧伤。他俩以考察体验为名,一起前往各种传说中的美味餐厅品尝美食,她觉得的确应验了她母亲给她定义的"吃货"标签。可惜每次都吃得依依不舍、食不知味,倒又辜负了"吃货"的真谛。

九天的相处时间的确太短了,阳帆离开后,直到念念拿着阳帆给她的报名表去上课,她还是常常有一种不真实的感觉。她怕母亲一说又说到她的痛点,所以也一直拖着,没有再跟母亲谈起过阳帆。

"像印度美女吗?像印度美女吗?"念念一边梳理着瀑布一样的直发,一边对着镜子里的自己念叨着,然后自己解释给自己听:"我只是眼睛像妈,鼻子像爸,而已。"

1.3
芭比厨房喜重逢

念念回到她的芭比厨房,看见阳帆已经来了。他背对着入口,正指挥一名软装工人摆正一幅画。听到声音,他转过身来,念念随即一蹿蹿到他怀中,两个都在傻笑。半年不见,阳帆黑了,胡子拉碴。阳帆长一张帅气的亚洲脸,然而亚洲脸是经不起邋遢的,一邋遢,书卷气没有了,阳光朝气没有了,倒多了几分成熟和力量感。念念手指在他的胡子上来回刷着,打趣他说:"你看你,都变大叔了都。"

"是跟着你爸跑农产品基地跑的,帮你搞'农锅对接'嘛,当然得全力以赴呀。"

四个月前食物链计划里就有陆辉了,是念念听说父亲只身一人回渝重操旧业时,介绍父亲入股食物链的。接着,阳帆正色道:"其实我一直有一颗大叔的心,这是锻炼出来的。"

原来,阳帆父亲在他初一时就去世了,他母亲依赖惯了的，只好转而依赖阳帆，大事小事都问他拿主意，所以阳帆从小就是母亲的支柱。做餐饮食品是阳帆的理想，也是阳帆父亲的心愿，这次启动食物链计划就是用的他父亲给他留的创业基金。不过他父亲说，如果阳帆有兴趣搞这一行，一定要自立门户自己做。有事可以找爷爷和大伯、二伯帮忙，但是不要在家族公司里谋事。其实阳帆知道，大伯与二伯的关系有点微妙，所以父亲一直不想再掺和进去。按父亲的话说，一家和和睦睦更能提高生产力。阳帆也觉得决策层人多了，不利于统一方向。所以，他一直有自立门户的打算。

令他俩感到意外和欣慰的是，阳帆的家人们居然很看好阳帆的计划，并不认为这是异想天开，这等于是得到了业内人士的认可。在阳帆的计划里，芭比厨房只是一个体验平台。取"芭比"这个店名就是利用芭比娃娃不断推出新衣的概念，不断推出新菜品，以吸引食客尤其是年轻食客来品尝。好评超过一定数量的菜品是要通过他们的工厂配菜、真空包装，冷链配送到各大小卖场，卖到年轻白领们的家里去的。为迎合年轻顾客的需求，配菜包装里是附有全部作料的，还有烹饪说明书和成品图片。只要严格按说明操作，几分钟就能轻松搞定一道菜，做一桌大餐可以变得像泡方便面一样简单。这样，每家厨房都有可能成为"芭比厨房"，"芭比厨房"的饭桌也可以延伸到千千万万的家庭中。

阳帆家本来就有生产他家品牌肉制品系列产品的工厂，所以芭比厨房的菜品正好可以先委托家里工厂加工，还可以拿到最低的加工价，等情况稳定了，再考虑要不要建自己的工厂。这样前期成本很低，风险也小了很多。阳帆已搞完装修，跑完各种手续，他俩现在要做的是完善餐厅软装、招聘和培训员工等，还要定好前期冷热咸甜几十道菜的标准，尤其是几道主打创新菜的标准，所以在开业之前还有很多事情要忙。

他俩将就在店里吃饭，念念煎了黑椒牛仔骨，做了扬州炒饭，再加上阳帆捎回来的有机蔬菜。阳帆吃得狼吞虎咽，说饿极了。未开张的店堂，空空荡荡，可是念念却觉得挺好，可以看着阳帆大口吃饭菜，可以安静地说话儿——在伦敦的时候光顾着恋恋不舍了，没能好好吃饭好好说话儿。店里只开了一角的灯，灯光冷冷地照在阳帆额头和鼻梁，勾勒出很坚毅的线条，念念好奇地又伸手蹭了蹭他的胡子说："几天没刮胡子啦？居然会长成按摩刷一样。"

阳帆作被牛仔骨卡住状，抱怨道："啊，开始嫌弃我啦。""好奇嘛。好吧，是嫌弃了，哈哈哈。"念念道，"对了，据说恋爱时要把对方爱的和嫌的列一张表进行数据分析，你是什么时候爱上我的？爱我哪儿啦？嫌我哪儿啦？说实话。"

这一问倒是把阳帆问住了，阳帆思索道："我是什么时候爱上你的呢，不知道，不过见到你的第一眼我就知道咱俩是一伙的。还有，我看到你以后才想到芭比厨房的，以前食物链计划是没有芭比厨房这一项的。"

阳帆又说:"能够数据分析的就不是爱了,傻妞。不过你这种文艺女青年被人第一眼爱上很正常,所以我才会抓紧时间严防死守的。那你呢,什么时候爱上我的?要说实话。"

"哈,你被忽悠啦,我不过是伪文艺女青年,骨子里可是理性加理智的,所以才会一眼看中——"念念卖关子大喘气,然后接着说道:"你这个食物链计划。哈哈哈哈哈。"

阳帆还在想,什么时候开始爱上念念的呢?是从车子里看到念念等人时忽闪无辜的大眼睛起呢,还是风吹乱她的长发她顺势眯起眼睛时呢?

念念问道:"我爸爸的渠道适用你的计划吧?"

"很合适,你爸爸太厉害了,对各大小卖场熟得跟你家后院似的,对农产品基地也很熟,两边渠道都搞得定。"

"是的呢,他做了很多年嘛,就是不知怎么想起去做他不熟悉的外贸,对他自己和对我妈妈来说,都算是一劫。"

念念口中的父母永远是最般配的,陆辉和碧儿在中学时的"典故"[4]更被念念讲得出神入化。当时他俩在路上遇到一伙小混混挑衅,陆辉跟他们打起来了。小混混人多,陆辉打倒两个后,眼睛余光不见碧儿身影,赶紧撒腿奔逃,跑过几条巷子,他正担心碧儿呢,没想到碧儿早就从另一条巷子抄过来候着跟他会合呢,碧儿一把抓住他的手跑出了巷子,跳上一辆正要关门的公共汽车。默契得来!

念念还说了个父母的典故,把阳帆也逗笑了。刚结婚的时候，陆辉和碧儿一起去听崔健的演唱会，听完兴高采烈意犹未尽，两个人手挽手一路唱着嗨着走回家，走了两站路，才想起摩托车还在体育馆外面放着呢。在念念心目中，碧儿和陆辉就是这样大大咧咧、热热闹闹充满生活气息的小夫妻，也许永远也不会有阳春白雪的底色，但却有着温暖醇厚的质地和活色生香的纹理，幸福指数是很高的。

"妈妈一直是爸爸的主心骨，这次真是太大意了。你怎么看，你们男人都是怎么想的？"

阳帆不便评论念念的父母，感慨着："你妈妈真的很能干。你爸爸回来了，应该有可能复合吧。你赶紧想想办法吧。"

"是的，爸爸也是，他俩都有超强生命力。所以我担心爸爸一旦复原，又与子珊死灰复燃。要知道，我一直担心爸爸是因为生意失败不愿依附女人，才没有跟子珊走的。"念念幽幽地说道。

"你爸爸现在并没有那么落魄，他新开的配菜公司搞得不错，所以按你的逻辑应该是真的不会再有事儿了。你抓紧时间想办法，我帮你一起想。"阳帆一边安慰着一脸迷茫的念念，一边起身收拾去操作间洗碗筷。

念念黏了过去，拦腰抱住阳帆，右脸贴在他的背上，一动不动。想着这一方天地和这个男人将是她以后生活的主要构成了，有一种今夕何夕的宿命之感。她聪颖通透，当然很清楚，不管选一条什么样的路，也都不过是一方天地和一个男人。可此时此刻她好像特别多愁善感，从校园里的无忧无虑，急转到这崭新的一切，是不是来得急了点呢。阳帆擦干双手，转身把她从后背移到自己怀里。怕自己胡子扎到她，只把她的手拿起来亲吻着，看着她的眼睛，像看穿她的心思一样，轻语安抚道："靠着我，没错的，我一定会努力的。"

开车送她到她家小区门口，他又拿起她的手在自己胡子上蹭了蹭，笑着说："相信大叔，没错的。开心点，别愁眉苦脸。念念笑得很开心的样子最好看。"

1.4
温暖靓汤与写意水墨

念念回到家,看到碧儿已在沙发上睡着了。碧儿这些天都是这样等着她,把自己等睡着了。念念不忍心吵醒她,蹑手蹑脚地关了电视,把落在地上的绸扇捡起来收好。她知道母亲晚上一定是去楼下跳过广场舞了,她回来这几天见母亲去跳过好几次了。想着母亲跳舞时肉嘟嘟的画风,像极了早年的瑞奇·马丁,十分可爱,她不禁悄悄地笑了。不过她不敢再下楼看母亲跳舞了,因为她一下去,就会发现阿姨们对她的事大大小小了如指掌,甚至比她自己还清楚,真是受不起那个惊吓。可回想到以往碰见父亲的朋友同事时,也是同一种状况,念念突然觉得很温暖很安慰,她借用刚刚阳帆的话总结道:"爸妈也是一伙的,两个大嘴巴。"

与念念一样,每每陆辉想到碧儿,脑海里首先浮现的也是碧儿肉嘟嘟的动感身影,还有她那种忙里忙外、大呼小叫的热闹和亲和。当然，这样想已是离开碧儿两年以后的事了。与他的女神子珊在一起的那两年，陆辉就像是喝了迷魂汤一样，万事皆是她的好，说是没有自我也不为过。

陆辉在一次糖酒会上遇见子珊，碰巧两人都不经营糖酒，于是在共同的朋友们忙碌期间，他俩有了闲聊的机会。子珊高高的个子，齐耳的短发，窄窄的脸，婉约妩媚的凤眼，优美的鼻梁与下巴，冷清而高贵，似乎与满场的喧嚣和沸腾格格不入。一问才知道，原来她是做生禽进口的。陆辉惊得下巴都合不拢，老半天都没能在子珊与一货柜一货柜的鸡腿鸡翅之间找到关联。子珊似乎是把工作与生活分得很清楚的，后来把生意上的事交给陆辉一并管理后，她更是乐得不再跑鸡腿鸡翅货柜。

陆辉是真心把她当女神的，不是因为琴棋书画茶之类简单教条的标准，而是她骨子里的那种天然魅力，举手投足间会让人联想到古琴、竹影、水墨、禅院……不仅不食人间烟火，更有一种懒理世事的清冷。子珊每有怪癖，也都被陆辉虔诚地贴上女神标签，子珊自己倒是淡淡地不以为然，认为自己不过是个普通的女人。除了跟她女儿通电话时脸上看得到很多情绪之外，子珊惯常的表情都是这样淡淡的清冷。没有拿到抚养权一直是子珊的心结。

家里帮佣阿姨放假的时候，子珊也会亲自下厨做些"美貌"的菜，精美的摆盘，恰到好处的美味，陆辉称之为"子珊私房菜"。子珊娘家父母兄嫂在英国开有一间不错的中餐馆，所以子珊的厨艺似乎很理所当然。美中不足的是份量太少，每次吃完陆辉总是去厨房把边角料都刮了来吃，才算真的饱了。

同样做鸡腿鸡翅，做肉制品出身而不是外贸出身的陆辉原是在子珊的圈子之外的，在子珊的各种聚会里，他是个勉为其难的跟班，当然身在其中的他并不觉得，他只是心悦诚服地追随她。在子珊的各种生活场景中，他也是勉为其难地跟班着，心悦诚服着。直到有一天，因为赶时间陆辉将就着在旧城区一处小馆子用餐，不假思索地点了一碗东坡肉、一碗红烧肥肠、一碟盐水花生。吃了几口，陆辉突然感到打心底里涌上一种放松和温暖。这才觉得从自我拔高的生活中脱离一会儿，竟是这样的舒服和享受。就好比说到"东坡"，陆辉更愿意联想到"肉"一样，他这才领悟到，原来接地气的碧儿才是最适合自己的。每个人定义的世俗生活还是有很大差别的，而没有过度自律的那种生活，能大口吃肉大碗喝酒的那种生活，热热闹闹忙乎于柴米油盐的那种生活，才是他要的世俗生活。

这样想一想，并不能说明什么，本来日子还是要照旧过下去的。不想新政策下来，他们的生禽进口许可证被取消了。他们不得不辞退三个员工，把公司注销了。他们本还有另外新开张的葡萄酒生意的，可是祸不单行，陆辉因业务不熟赔了一个大单。子珊提议等她去台湾看过她的女儿，然后一同回英国她娘家那边休整一段时间，之后再做打算。陆辉犹豫着不发话，最终还是没有跟她走。

送子珊上飞机那天，陆辉陪着她在安检口排着队，眼见就要到她了，子珊默默转身抱住了他，没有放手。几米外柜台里的安检员看着他俩，愣了两秒钟，喊道："下一位。"

他俩后面一个又一个乘客绕过他俩进了安检口。最终，子珊放开他，泪眼婆娑地转身跑向安检员，没有再回头。

陆辉杵在那里，望着她的背影，百感交集。虽然子珊在国外长大，可一向比中国人还要"中国"[5]，她平日里从没有在公共场合有过很亲昵的举动。而陆辉之所以选择留下，很大一部分的原因是他潜意识里自卑地以为他只是子珊生命中"有，好过没有"的过客。

如果他早一点知道子珊对他有这样的深情，他想他会为子珊撑下去的。可是子珊从来没有刻意要求过他什么，淡淡地使他着了魔，又淡淡地放走了他。他不得要领。他觉得他这辈子把两个最好的女人都伤害了。子珊的最好似乎显而易见，碧儿的好竟是在离开她这两年才领悟到的。

念念也见过一次子珊的，她的反馈是："爸爸，妈妈跟你才是旗鼓相当。"

看起来念念只是一心要维护自己的母亲，其实念念说的是心里话。在她看来，对于父亲而言，子珊犹如宣纸上的写意水墨，母亲才是家常厨房里端出来的美味又滋补的温暖靓汤，没有谁比谁更好，只是后者更适合父亲。就好比同样是牵手，有的夫妻会心灵相通，有的夫妻只是相互迁就、相互温暖，有的则是实在没话说，仅以牵手展示关联。念念始终坚信父亲和母亲才是心灵相通的一对，始终坚信子珊与父亲之间可能永远有无法沟通的地方，子珊会有孤独感，不然恋爱中的女人是不可能一味淡淡的。当时念念很担心父亲与子珊已成定局——完美的女人不见得能遇上完美的爱情，子珊在感情上曾受重创，遇到父亲这样温暖的港湾停留下来也属正常。念念担心他们与很多夫妻一样，也许永远不能成为soulmate[6]，却一样可以互相迁就、互相温暖、白头偕老。

所以念念听说父亲只身一人回渝重操旧业的时候，很是为母亲欣慰，当机立断让阳帆拉父亲入股，说是要利用父亲的渠道资源，其实是真心想牵制住父亲让他不再离开。看起来似乎只剩下怎么说服母亲的问题了。可是昨天母亲的恼怒让她了解到，之前自己一直以女儿的角度在考虑整件事，换到母亲的角度，自己也觉得有一些鸿沟不是那么容易就能跨越的。比如，如果阳帆出现这样的情况，尤其是这种动了真情的精神越界，她觉得自己可能真的没有办法原谅。也许经历很多事的中年人可以更宽容一点，她想到一部二战片剧情，美军上尉出轨后回国跟妻子解释当时战事如何胶着、压力如何大，他的妻子终于原谅了他。可惜父亲这里并无战事，没有任何借口为自己辩解，总不能说自己喝醉酒醉了两年吧。

碧儿昨天的表现也并不是她自己定义的"有点郁闷"，她是个很能拉拢群众收买群众的人，突然发现自己女儿居然不站她这边，真是难以接受。而对念念来说，母亲开启机关枪模式说起话来也是很有痛感的："你是打算当和事佬吗？在我这里和事佬就是叛徒了！你是我的女儿，如果不站在我这边挺我，就等于是出卖我了。"

碧儿同样难以接受的是陆辉的离开。虽然碧儿性格开朗喜热闹，到哪儿都能够开心狂聊与人群打成一片，可的确一直也没有从陆辉离开她的痛楚中解脱出来。碧儿一向是位自信的美妇人，按念念的话说"她一直是爸爸的主心骨"。如果婚姻先有了慢性病，一寸寸地死去，到最后断气那一刻可能是解脱，而没有任何征兆的背叛如同晴天霹雳一般，让人猝不及防，痛得更加彻骨。如果不是为念念筹学费拼死一搏，她可能至今都难以走出来。她厉声道："你爸爸当初像'基因突变'[7]一样地走了。我们是中学就开始谈的恋爱，二十几年的感情说没就没了，我是直接被无视了！你要带那样一个无视我的人来继续无视我，让我在女儿的开业典礼上受那样的委屈吗？"

想着母亲昨天的话，惦念着母亲的事，念念辗转反侧难以入睡，看了几次闹钟。迷迷糊糊中突然想到一个点子，她长出一口气，终于放松心情，睡着了。

1.5
因你不变的爱，我欢喜愉快

念念早早起床，赶着给妈妈做早餐，她们娘俩都是上午时间比较充裕，所以这些天早餐时间便成了娘俩亲情聚餐时间。她觉得今天有把握说服母亲与父亲见面复合。昨晚她反反复复地代入式思考，终于知道同样的问题，对于不同类型的人，解决方式可能大不相同。

对于念念自己来说，可能让她回心转意的话是"爱，自始至终的爱，只爱过你一个人"。而像她母亲这样耿直而好强的江湖性格，能让她回心转意的话更可能是"赢，你赢了，你把小三打败了"。

"妈妈，您不是被无视了，在爸爸那里，妈妈您才是赢家。"吃着早餐，以极慢的速度撕着一块面包，念念小心翼翼地对妈妈说，"爸爸回来了，他还是觉得您最好。"

碧儿明显愣了一下，说道："他想走就走，想来就来吗？

他当自己是旅行家啊？"

念念继续认真地说："爸爸主要是想见您，跟您道歉，可您上次把他的电话给挂了，他没能跟您解释。所以爸爸让我一定邀他来参加开业典礼，他就想见您。妈妈，您真的把小三打败了。"

"他是生意做砸了，小三不要他了吧？"

念念没想到母亲一下说中父亲生意做砸的事，忍着笑，正色道："爸爸其实一直爱着您的，您也要检讨下自己是不是经常没让他把话说完，把他推给了小三呢。我每次跟您说到爸爸，您也都是暴怒，不让说下去。"

碧儿明显没有前天那种愤怒了，虽然还是端着，却已是满脸春风得意，出门上班时仰头迷离的表情就像是吹着口哨走路一样。念念估计母亲又可以在办公室狂侃两小时了，暗暗开心"赢"这件事在母亲这里起了作用，心想其实不用等到开业典礼，就可以拉父亲和母亲见面了。

中午见到阳帆时，念念首先悄悄告诉阳帆自己父母的事，很开心可以预见父母的团圆。她还把从伦敦带回来的几张收银条给阳帆看，她早就想告诉他这几张条子的事了，一直有点不好意思说。时间空间一变，她与阳帆之间突然有了一种情感上的自在和妥帖，这时献宝似的拿出来，好像很自然而然："你看，这是上次咱俩在那家唐人街面包店买点心的收银条，你看底端写着'因你不变的爱，我欢喜愉快'，我发现时感动得不得了，还以为那位慈祥的阿姨特地为我俩打印的呢。后来特地再去买点心,结果你看,每张收银条上都有这一句话,原来是取自《圣经·诗篇》的一句话。"

"觉得自己对妈妈连哄带骗的,硬生生把我想要的结果塞给她。她只是被蒙蔽,所以'欢喜愉快'了。"念念接着有点内疚地说。

阳帆安慰她说:"你不是一直坚信你爸妈才是心灵相通的一对吗?所以你只是助推了下进程而已,本质是由他们自己的心来定的。再说了,就算你连哄带骗,可你妈妈就是'欢喜愉快'了,下半辈子一直'欢喜愉快'到老,那么你连哄带骗一次又有什么关系呢。"

阳帆又说:"你知道吗,我家公司里我爸的股份是转到我名下的,本来应该是转到我妈名下的。我妈开始一直以为我们娘俩肯定是拿不到这个股份了,所以听说转到我的名下她高兴得不得了,只因为结果超出她的预期,她现在每天过得无忧无虑。每年我把股东薪资和分红一分不差都交到她手里,可我还是有点内疚,没有告诉她这股份本应是她的。最终,我还是决定不告诉她,因为怕告诉她之后,她反而会有阴影,也就没有现在这么快乐了。"

阳帆感慨道:"据说国民特色一度已演变为不管三七二十一先赢了再说了,也就你这种富养[8]长大的国民纠结这种形而上的问题。所以一些不富养的国民生命力更顽强,他们讲究的是先活下来再说。"

念念接话自嘲道："所以我爸妈含辛茹苦'顽强'地赢了来，结果却养了我这个'不顽强'的女儿，是不是有点基因突变？如果'不顽强'是'有所为，有所不为'的意思，那我还是不要那么'顽强'好了。"

"不完全是这个意思，这么说吧，这个特指的'顽强'可大可小，可善可恶，比如你这次，只是想帮妈妈赢回她自己的而已。你也不是基因突变，而是你父母保护你，让你没有'顽强'的前提条件。以后轮到我保护你，让你继续不知道'顽强'为何物。哈，你还是太年轻了，以后自然会明白的。"阳帆给念念解释，忍不住又打趣她。

见他虽然很"独裁"，却时时记得自己的责任与担当，这让念念心里很舒服："唉，你又充当大叔了，胡子都刮了还充大叔呢。"

她突然想起来了什么："那你呢，你是'顽强'还是'不顽强'呢？"

"我是'顽强'的，跟你正好互补。不过跟你一样，我不做'不可为'的事。我是在危机感中长大的孩子，在'可为'的部分，有生存危机的人所做的选择，与无忧无虑的人所做的选择，常常是大相径庭的，这个，你就不知道了吧。"

所以，阳帆还是劝念念不要犹豫，当机立断解决父母的问题，他俩商量决定，在开业之前把父母带到芭比厨房里参观团聚。

1.6
世界上最圆满的事

芭比厨房位于一座大型购物中心平街层背街的一角,乍一看那玻璃房内郁郁葱葱,倒像是小花园,更令碧儿难以想象的是,芭比厨房里居然连芭比娃娃的影子都没有看到。念念告诉她"芭比"两个字主要是取其创意特质,而类似芭比娃娃这样的小布偶摆设容易造成甜品店的感觉,所以不采纳,不过影子还是有的。念念把服务生的围裙给她看,上面一些拼接的截图隐约能分辨出是各种不同真人版芭比的局部。

陆辉和阳帆还没有到,店里新入伙的一位同样"不务正业"的年轻厨师跑过来跟念念耳语了些什么,念念便让碧儿先坐一会儿,自己先走开了。碧儿独自在软椅上坐着,一位服务生给她端来一杯茶。

碧儿想到当年自己和陆辉跟一群朋友在一家寺院茶馆喝着老鹰茶、嗑着瓜子、晒着太阳的情形,也是这样郁郁葱葱的环境。也就是那个时候,在那几个生意小有成绩的朋友陪衬下,陆辉不免也心思活络,跃跃欲试,想要从肉联厂跳出来单干。没想到十多年后,陆辉与自己又一次从零起步。不过这次该他受教训了!她理直气壮地想着,好像这教训是她安排的一样。

碧儿是不能静坐的人,她起身在店里东瞧西看。她发现正门入口的屏风上挂了很多画框,里面多是各国风景和美食的图片,其中一大一小两张图片居然是动的——原来是伪装成画框的液晶屏幕。

碧儿正细细打量时,只见屏幕切换画面,出现一双拔芋儿的手。陆辉!碧儿一下子认出来了,可惜画面一闪就转成厨房里的芋儿了。服务生过来解释道:"阿姨,这是我们这里有机食材的展示。"

这时,陆辉也远远地看见碧儿了,他扭捏着迈不动步。这一年来,他一直反省着自己,觉得对不住碧儿,可总是心虚不敢面对她。给她打过一次电话,被挂了后,也不敢再打了。只见碧儿穿着一袭咖啡色加橘色大花的丝质褂子,裸着藕节般的右臂,褂子左边多出来一瓣,薄薄披肩似的拢住左臂,窄窄的褐色及膝裙,搭配三寸高跟鞋,显得整个人凹凸有致。照例将头发全部拢在脑后挽了个髻,更衬出她那天真的翘鼻头幼稚可爱。在念念那里听说过很多次她的事迹,那么忙,似乎也没有瘦下来,还是那么娇俏圆润,勉强多了些御姐范儿,不辨真伪。

阳帆从后面过来,见状拽着陆辉往店里走,说:"陆叔叔,快进去呀，您看阿姨都已经到了，就看您的表现了。"

碧儿转过身，也看到陆辉了。再难的见面，终究还是见到了。陆辉还是原来的样子，粗枝大叶皮衣型男，表情却带着怯意。碧儿抿着嘴，从容地看着他走近，像看一位前来忏悔的门徒。

这时念念也迎了出来，帮忙打圆场，拉两人在一丛芭蕉后面的台子坐下。念念想起了什么，拉着阳帆的手，特地往他身旁靠了靠，说道："妈妈，他就是我跟您说过的阳帆。"

阳帆赶紧自我介绍，然后扶着念念的肩膀说："阿姨，您会嫌我有油烟味吗？"

碧儿恍然大悟，几秒钟惊愕之后，笑得合不拢嘴。念念让父母先谈谈，自己跟阳帆先去操作间一下。服务生过来给这张桌上了四杯茶和四份薄荷千层糕，说："叔叔、阿姨，我们操作间还有一点问题要处理，所以上菜要慢一点。"

碧儿完全听不到服务生的声音，她的思绪完全还在念念和阳帆身上，没缓过劲来。

"你早就知道他俩的事儿了？"碧儿本想说"你怎么不告诉我"，觉得不对只好把话咽下去了。

陆辉点点头，把她的千层糕往她的方向轻轻推了推，像过去那样。碧儿吃了一大勺，觉得神清气爽，刚刚那小两口的两句话，比陆辉回来这件事还要让她受用。好像一个倾注全部焦虑在女儿中考上的母亲，突然发现女儿跳级上了大学了。豁然开朗，功德圆满。女儿成长的一幕一幕从她的脑海缓缓掠过，曾经担心她吃饭不好营养不良，担心她钢琴弹不好，担心她功课不好，担心她考试，担心她上大学，担心她工作……现在突然发现，自己无非是担心她的幸福、她的归宿。如果结局是这么好的小伙爱她疼她，她这么幸福，那么学什么专业、干什么工作，又有什么关系呢？

陆辉又把其余的千层糕一块一块地推给她，他知道她最强烈的情绪表现就是吃。碧儿把四份千层糕全吃了，连装饰的四对小薄荷叶也一并吃了。她觉得世界上最圆满的事也不过如此了。

第二部分

多肉植物总动员

2.1 诺亚方舟的真相

每周购物前,简欣会很仔细地写一长溜的购物清单,可常常到了超市摸这个兜没有、摸那个兜没有,才发现单子忘记带了,她不得不在偌大的超市里转悠着,把购物清单上的物件名一一记起来,找到,放进购物车。今天她又忘记带购物清单了,她只有施施然地推着购物车在超市里走着,一脸无辜的表情。

这时,简欣眼前突然出现了她的购物清单,它还特地晃了晃,想要晃醒她的样子。她抬头看,是他呀,"锯末脑袋"[9]。刚刚在咖啡馆里赶写案子时,他跟她坐一桌——面向玻璃墙的一长条桌,与她隔了一张吧凳,跟她一样忙着电脑上的工作,无暇顾及其他的样子。简欣眼睛余光看得到这个人,他的发型是今年年轻人中极流行的,像极了办公桌上常见的小盆景,那种丝袜包裹锯末形成的"脑袋",浇浇水头顶上就能长出草那种,他是属于深色丝袜包的。没想到这么好心把她的购物清单给拿来了,她赶紧笑着说"谢谢"。他却是一脸没好气,说:"你检查下,你是不是把我一张数据表也收到你那里了。"

简欣从挎包里掏出一大摞涂得乱七八糟的A4纸,翻了下,摇摇头,面无表情。一时间"锯末脑袋"气急败坏。简欣则无奈地撇撇嘴,默然推着购物车离开了,继续采购这一周的必需品。转过两个货架,她"扑哧"一声笑了,因为突然又想到刚刚正面看到"锯末脑袋"的时候,他的浅色宽边眼镜架在深色"丝袜"上,整个人跟反转片似的。

笑过之后,简欣点开手机APP[10]对"我在纽约"说:"真的很谢谢你,经常让你帮我找资料。今天有人气咻咻地帮我送回一张购物清单,真是颇感无语。不过让我突然良心发现,觉得应该郑重其事说声谢谢你。哈哈。"

"应该的。"

"嗯呢,我之前也一直觉得是应该的,算是做公益嘛,嘿嘿。咦,你那里现在应该是凌晨3点,我还以为我只是留言呢。"

"……"

"就像去旅行,以为这家没人在,就在门口玩自拍,各种凹造型,各种撒欢,结果大门开了,原来这家主人在呢,囧。"

"你都自拍了很多次了,呵呵。没事儿,继续。"

简欣笑得不行,推着购物车走了两步,还想说点什么,点开APP看,见他已改ID为"我在太阳系"了。简欣莞尔,收起了手机。简欣和"我在太阳系"都是一个公益组织的志愿者，简欣主要为一些活动项目贡献文案。简欣没见过"我在太阳系"在组织 APP 群里说过话，不过简欣有问题在群里求助，他总是第一时间帮忙。时间长了，简欣也要跟他聊些话儿，加上想着他是地球另一端的局外人，就常常当他是垃圾桶吐槽减压，还常耍赖道："你要忍耐一点哦，减压倒垃圾啦，哈哈……"

买完东西，简欣赶到 H 大厦，她一看时间，刚好下午 4 点钟。上到 25 楼，她找到了 WH 公司，一边给 Tonny[11] 打电话，一边进门，心想这间公司像刚搬家一样，整个一"乱"字。

Tonny 笑盈盈地迎了出来，他领简欣进了一间会议室，会议室里略显阴暗，因为开着投影仪，窗帘全放下来了。简欣脚下被什么绊了一下，"咔嚓"一声，眼前黑了，投影仪不亮了。有人开灯把地板上电源重新接上，这当口简欣一下看到斜对面"锯末脑袋"不耐烦的目光。Tonny 赶紧圆场说："没事没事。"

简欣的办公室正在被隔出来，办公桌椅也还在重新安装，所以 Tonny 让她下午先直接来开会。是简欣的客户兼大师兄吴宇博极力介绍她来这家公司的，说她有这身手不来练练可惜了。按宇博的话说，Tonny 是他在伦敦大学镀金时的同学，比他小很多，比简欣还小两岁，所以简欣顺理成章称 Tonny 为师弟。Tonny 被膝下无子的上海姑姑召来打理公司才不到一年，属于了解渗透期，所以处处作谦逊状。Tonny 与宇博两口子都很熟，他蛮信任宇博的，认为宇博很靠谱，似乎可以以此类推，宇博介绍的人也一定靠谱。上两次见面，宇博都在场，Tonny 看过简欣给宇博公司做的案子，加上宇博对执行效果的描述，看起来 Tonny 很信赖她。

会议内容主要是两个项目经理的行销方案。会后 Tonny 领着她逐一介绍认识办公室的其他同事，拆分后，这边也就十来个人了。连会议带寒暄一个多小时下来，简欣感觉这边一副百废待兴的样子。她决定不等办公室完全安装好，提前来上班，Tonny 表示赞成。因为 Tonny 常常数周甚至数月才来渝一次，所以他每次来几乎花所有能用的时间与公司管理层或同事们沟通，这次也不例外，顺理成章地拉简欣一起在楼下餐厅吃晚饭，询问她对那两个方案的看法。其实会上简欣就已将两个方案去骨掂肉计量过了，她觉得听起来花哨，实质效益比较少，按"锯末脑袋"吴戟的方案，即使设想的活儿都拿得到，养活这十来号人都不行，更不用说那只是设想了。另一个方案语焉不详，根本谈不上是有效方案。不少人是这么忽悠老外的，把各种关系吹得神乎其神，常常是一成关系有实效就算不错了。不过作为公司项目开拓的一部分，还是值得探索的。Tonny 听她分析后，笑着插话说："宇博可就是这么介绍你的，口口声声说你手上掌握着不少资源呢。"

"依赖关系和开拓关系其实是两个不同概念呢，Tonny。"简欣笑道。心想，不晓得宇博怎么吹嘘自己，她倒没什么好担心的,她只是不喜欢故弄玄虚。

"其实我也赞成不要依赖,没有主动权很难做,我有过不少这样的经验,这次公司不得不分拆也是。"Tonny 想到不得不被分割的公司,因为某些原因失去某频道的代理权,现在不得不与拿到代理权的公司合作。弄得现在做也是肉痛,不做更肉痛。

简欣当然听说过这些事,她避重就轻道:"还是兼而有之比较好,有关系要用,没有关系要找。没有哪个关系可以把哪个市场罩住了,也没有哪个市场不讲关系,这是我们做终端小二的心得体会。还有老客户积累很重要,这十来号人,有两三个大客户,再加些新业务,基本上成活是没有问题了。宇博他们公司算一个大客户了,他觉得我帮他打工比较靠谱,所以连人带业务都给你拉过来了,呵呵。"

这时,Tonny 起身出去在院子里接电话,简欣用吸管一颗一颗吸着奶茶里的珍珠。她想,看起来 Tonny 很诚恳很周全,其实对于他的全局来说,这十来号人的小公司根本是可有可无的。所以大家振振有词地讲着自己如何为公司出力,各种华丽辞藻。所言各种勤奋努力鞠躬尽瘁,其实都是为自己搏出路。被合资公司挡在门外的这十来号人,不过是要奋力为自己打造一艘诺亚方舟。也许,这也是 Tonny 更容易信任宇博,更轻易决定用自己的原因吧。她自嘲地加了一句"所以,为自己搏出路的,也包括简同学"。这样想着,"扑哧"一声她笑了。

这间名为"芭比厨房"的餐厅是以植物和玻璃为墙的，室内亮，简欣的一举一动都被 Tonny 看在眼里。简欣低头笑的时候，她那优美的脖子、仿佛微微自然卷的 BOBO 头，发尾齐齐的厚厚的，还有一缕波浪似的倔强翘着，都是妩媚的。而平日里，微微偏头前倾，执拗地要撞墙的表情，却是简欣的专属 ID[12] 表情。Tonny 倒真心希望简欣能带着公司飞檐走壁又穿墙，像宇博说的那样，能闯出一条路来。Tonny 挂了电话回到座位，忍不住问："笑什么？好像你一个人的时候常常会在想些什么。"

"嗯，在思考吧，思想在月亮里走路呢。可是，经常吗？不会吧，我们才见过三次面。"

"上一次，在那家购物中心里，我看见你若有所思地站在扶梯上滑行上来，然后若有所思地往前走，差点走进上一层的下行扶梯里去了，哈哈哈哈哈。那时还不熟，只能忍住不笑。可是你知道吗？我也常常这样的，哈哈哈哈哈。"Tonny 脑子里又飘过简欣那副 ID 表情了。

简欣只得跟着讪笑，道："从小我妈就说我像游魂一样。"

原来简欣是单亲家庭的孩子，当年母亲是一家食品厂的质检总监，工作忙，下班回家还是忙，常常顾不到她。她便像游魂一样在母亲周围逛荡，用各种方法想引起母亲注意，成效都不太大，不过游魂状态却一直保留下来了。

Tonny 告诉她："明天我要去上海公司，所以这里就交给你了。"

简欣眼前再次闪过诺亚方舟的画面。她让 Tonny 把公司大门门卡先给她，第二天她抱着一箱杂七杂八的物件早早来到公司，却见公司大门已开。她走向自己的办公室，却听见有人轻声喊她："简总，早。""简总，地上有电线，小心哦。"

简欣回头看，见是小屯，一个留着齐刘海的小姑娘，脸上还满是稚气，再加上大眼睛眨巴眨巴，一副椰子娃娃的模样。她很为简欣担心的神情，分明已听说过昨天简欣绊断电线的典故。小屯尾随着来到简欣的办公室，好奇地打量着，说："听说公司今年做不好，就要关门大吉，是真的吗？"

简欣正要回答，她却好像并不需要答案，又说："简总，你有很多这样的小西装吗？今天穿的与昨天一模一样，只是颜色变成灰色了。"

简欣不会想到的是，小屯不自觉地絮絮叨叨说话，其实是昨天听多了员工们对她各种评价所致。虽然简欣也算是带着业务项目来的，还是免不了被大家各种猜测。是因为资深吗？那样一张年轻的脸，怎样装成熟也不过二十出头吧。是因为干练吗？一进门就把电源挂断了，整个一毛手毛脚。是因为美色吗？那张脸也就是不难看。马上有人补一刀说，说不定她还没胸没屁股，所以只好套件中性小西服，还用曲曲折折不规则裙子遮着。简欣平时的确喜欢穿运动裤或休闲裙，外加一件休闲西装，只能说勉强有点 OL[13] 痕迹，只在执行各种任务时她才会作干练职业状。小屯又道："简总，你看起来好年轻，大家都说你跟我一般大呢。"

"我比你大很多，我工作九年了。"简欣耐心解释。九年前，因为妈妈生病住院，简欣不得不取消留学读研计划，不得不从 PR[14] 小二做起，不想就再没有离开这一行。

问题又来了："听说你是 F 车企吴总介绍来的，是吗？"

"是的，我帮他们做的几个项目反馈都很好。"简欣尽量正向引导。因为一说到这些很容易引起不必要的猜测。话又说回来，宇博的确也只是把她当女汉子看待的。

小屯一鼓作气把昨天的八卦讨论话题问了个遍，仍意犹未尽的样子，恋恋不舍回自己座位去。简欣啼笑皆非，脑子里却在想，得抓紧时间把宇博这边明年的正式合同签了，以免夜长梦多。她知道，按手中的合同量，公司明年肯定能活下来。于她自己，却不一定，因为一旦这半拉公司快得走[15]，说不定那半拉又会愿意要这班人了。合并对其他人影响不大，简欣却有可能骤然变成活雷锋的角色。所以只有公司赚钱了，才能让 Tonny 不舍得与人分享。再说，简欣跟大家的看法不一样，她倒觉得这半拉涉及的业务层面更多元，可大可小，说不好子公司做成主公司也不一定。

见员工们差不多到齐了，简欣便出去跟大家打招呼，让员工们轮流到她办公室谈话，她好了解每个人的情况和想法。结果一看到她，大家齐齐地爆笑了，说："简总，你都是拿这个喝咖啡的吗？"

简欣左手端了 1000 mL 的玻璃量杯，的确是喝咖啡。不过她一向不在意周围人怎么看的，如果搬家纸箱里搜出的是个大海碗，她可能也不会介意拿来喝咖啡。她微笑地说："是的，用量杯喝咖啡，我忘记带马克杯了。"

然后，她边看时间边继续微笑地说："笑吧，笑两分钟，然后轮流到我办公室来。"

谈话的结果比简欣预想的还要糟糕。拉再多的业务，也需要有执行力的团队执行才行。这个原本不用付房租不用交业绩的团队，职业认知欠缺，而且还各怀心事。简欣在办公室里默默捧着她的大量杯，想着如何带着这班复杂的员工奔出一条路。

她在里面静默，外面却是很热闹的，大家互相交换着谈话内容，无中生有刻意曲解着，气氛异常热烈。开始没那么毒舌的，似乎都觉得有必要从众一下，然后大家一发不可收拾地毒舌吐槽。"锯末脑袋"吴戟也趁机阴阳怪气道："还说让我帮忙赶紧找人来把办公室家具全部安装好，线路理好，说是客户看到不好——她是怕自己摔倒吧。"

有人联想到简欣办公室外面阳台上的多肉植物，提议说直接管简欣叫"奇葩副总"。有人接话说既然不像个"总"，那就叫"奇葩多肉"吧，看她怎么野蛮生长，又是一阵哄堂大笑。

2.2 多肉植物的挑战

拼装隔断式的办公室设计往往让人产生一种隔音的错觉，其实并不隔音。外面热闹的声音，简欣听得一清二楚。简欣后来把这当成笑话一五一十地讲给宇博听，说有问题的公司都是相同的，都是充满一股子负能量。宇博激她说："那你打退堂鼓啦？"

"哪能呢，你也不看看我是玩什么长大的。"当然这只是简欣的酷说，玩什么长大跟公司经营一点关系也没有。小时候母亲忙不过来时，常常会顺手把储钱匣子底盖打开，把里面纸币硬币全倒地板上，让简欣整理归类玩。简欣信心满满说："能管钱，当然更能管人。奇葩妈妈养出我这么个奇葩女儿也算是合逻辑。"

"你不是后来改多肉了吗？"宇博还是打趣着，他心里却有点打鼓，心想自己把这孩子介绍给 Tonny 是不是错了。宇博的女儿五岁了，身体一直弱弱的，一副豆芽菜模样。而简欣给他一种感觉，好像是他女儿未来的模样，也就是"外表看起来柔弱，其实是超能量女汉子"的模样。所以每次看到简欣的成长点滴，都像是为自己女儿多找了一枚证据，虽然在简欣面前一副大师兄架势的宇博自己都没有意识到这一层心理需求。

"好吧，多肉。"

"扛不下去就告诉我一声。"

"没有的事，多肉生命力很强呢。办公室八宗罪，没有哪宗是解决不了的。因为难，多肉反而存了心要带好这个团队。"

"这么自信？！"

"嗯，多肉有心、有力、有权，所以可以的。来的时候没想到是这样一个状况，不过觉得挺有挑战性，还蛮期待出手逆转一下的。"她想了想，又幽幽地说，"不过在这样特殊的环境，这'三有'中缺哪一样多肉都会死得很难看，呵呵。"

宇博心里琢磨："没想到 Tonny 的公司这般粗放经营，乖乖，我还是先帮这丫头想想退路吧，以免有负罪感。"

认识简欣是在九年前，那时宇博还在做技术管理工作。因为参展车型的新技术介绍文案由他负责，才从学校出来的简欣像很多熊孩子一样，实诚得紧，催稿的电邮一条接着一条，让人想印象不深刻都难，然后他才认识这"追风夺命邮"的主人简欣。

认识的过程，也很是无厘头。展会上，简欣跑到他们展台,冲他直问:"请问看见姚娇娇了吗?看到她在哪儿了吗?她说好带我见下吴总吴宇博,改通讯稿的。"

说完没等宇博说话,简欣又"噌"一下蹿展场那头去了。刚要说话的宇博被晾在一边,哭笑不得,旁边的人爆笑不已。没有想到,九年后,她竟成长为这样一个举重若轻的自信女汉子。

当然,做技术管理的时候,宇博对简欣他们这些媒介人员没有那么忌讳,所以比较容易成为朋友。如果现在做市场后才认识简欣,可能又会是另外一种和谐的关系了。

与简欣匆匆聊了几句,宇博便去开会了。开完会发现简欣还在跟他的下属们沟通明年几个案子的事,简欣带来的两个同事竟然是她老东家的同事嫫嫫和伊佳。一问才知道,倒不是简欣有意挖墙脚,她老东家的确经营上有点问题,每况愈下,简欣又正好需要人手,于是她的两个死党便跑到她这里来了。简欣解释说,凑一打人投入产出比最高,老带新也能很快进入角色。宇博笑着表示自己只关心成效。

事实上简欣不只是带了嫫嫫和伊佳来,她还让秦姐一起来了,宇博刚好没看见而已。事后,回公司的路上,才听秦姐说,她与宇博的妻子蕴华曾在同一家外企工作过,也认识宇博。简欣道:"秦姐,你怎么不早说,不然怎么也该拉你们见见面打个招呼呀。"

秦姐幽幽地说:"原来我们都是小主管,还都被同事们骂过抠门，现在不一样了，蕴华早已是那家公司的副总了。"

简欣轻声纠正说："她早已经辞职了，出国前就辞职了，现在被聘为商学院教授了。"

原来，蕴华一直比宇博发展得更好，网上一搜还能搜到她的演讲课程。简欣还帮她安排过两次讲课，有第三方邀请讲课的机会，简欣可能还会给她介绍，不过自己的项目没敢安排她，因为不想引起不必要的误会。简欣一向很谨慎，不想出差错，她不想弄巧成拙把老客户做丢了。

嫫嫫好奇地问："为什么被骂抠门？"

原来，那家公司本没有很多规矩，像员工免费午餐、外出办事的工作餐都没有定标准，结果出现员工午餐费越来越高甚至巨额超标的事。当时是账务主管蕴华和行政主管秦姐把这事儿管起来的，从那以后，公司员工免费午餐也吃不到甲鱼了，外出办事的工作餐也定上限了，所以一些人就愤愤地骂她俩抠门。

嫫嫫和伊佳听后笑得不行，简欣却在思考，没有形成认知一致的情况下，也许条条框框多一点是应该的。可是转念又想，这么小的公司，条条框框多了不晓得多闷，所以她打算还是先试着努力调整氛围和认知。

2.3
蜜桃格林的魔法

虽然吴戡的各种微暴戾表情简欣都看在眼里，简欣觉得他各种坏态度之外，至少对工作还是很上心，布置的工作任务也能靠谱上手的。不过，简欣刚来的时候，在满耳针对自己的刻薄言辞之余，意外发现这间公司员工在工作群里还会对客户进行各种刻薄讥讽，令简欣非常震惊，觉得比刻薄她自己还要严重。虽然这种状况被简欣严厉制止了，但余风并未根除。吴戡接下来的工作是开展移动终端宣传项目，简欣对他的些微暴戾态度是有一点顾忌的，微营销平台上虽看不到脸，但任何措辞都是有情绪的，她担心他会将好事做成坏事。

不过简欣仍相信，不管现状怎样，都应该有最合适的阳光和养分把这个团队的生态养护好，好的团队又能激发员工的工作能量，这样公司和员工才能一起成长。这是简欣的光合作用方程式。对于吴戡，简欣认为，只有嫘嫘最具有良性治理这种毛病的潜质。

这天下午，根据 GD 公司儿童乳酪推广项目的安排，简欣与吴戟、秦姐一起去一所小学联系合唱团的事。简欣想起了什么似的，说："等等，这样，嫫嫫这边的事儿完了吧，你也曾是合唱团的孩子，干脆你跟我们一起去吧。"

嫫嫫挽着简欣手臂出门时，忍不住媚媚地在简欣耳边嘀咕道："亲爱的，什么情况？你好像从不会安排这么一大票人马去办这样的事儿的。"

简欣神秘地笑道："总之是需要你这个'蜜桃格林'的情况。"

自从简欣被称为"多肉"后，嫫嫫和伊佳一点也不护短，还干脆帮她起了个多肉植物名字，叫作"钱串"，因她动不动要算钱算成本算效益。她俩则给自己起了很好听的多肉植物名"蜜桃格林"和"若歌诗"，两人还作植物摇曳状，贴身舞了半分钟，臭美得不行。简欣直呼"交友不慎"，这三个名字却还是定了下来。

他们到了约好的小学，简欣事先跟这所小学的童校长联系过，童校长是"我在太阳系"介绍给她的，并且说好由合唱团于老师来接应他们，这时，他们几个却齐齐地被拦在校门外。中小学校管理是很严的，外人一律不能进。他们给合唱团的于老师打电话，手机、座机都没人听，只好在门口候着。吴戟一个人在校门前空地上溜达打望，三个女人便开始聊天。

简欣向秦姐询问公司其他人对现在公司的管理有什么意见。不想秦姐振振有词地说:"意见总归是有的,不过你们三个女生又时髦又漂亮又能干,还优越感满满,拽得不行,是很有新鲜感很吸引眼球的,大家潜意识里总归愿意追随'心里暗暗向往之'的那种人。如果你们又土又不能干,大家很快把你们炒出局了。"

简欣说:"你说的'跩'是'扬起下巴走路'那种欠揍表情吗?我们好像一直很谦虚很周全,从没有出现类似状况呢。"

"反正跟我们不一样。"秦姐答得毫不含糊。

其实秦姐就是那天做项目报告语焉不详的另一位项目经理,也曾是简欣倍感棘手沉重的一位,没想到冷不防飙出的几句话能让人瞠目结舌。简欣隐约知道这间公司得到某频道代理权可能与秦姐的官员老公有关,同样,失掉代理权则是因为她的官员老公出问题落马了。不过Tonny坚决否认一切不良干系,秦姐也得以留了下来。以前,她是作为官太太闲职养着的,而简欣一方面不打算白养一个人来打击其他员工的积极性,另一方面又担心她闲久了涣散了,再加上她家里出事,多半整个人都呈语焉不详的状态。但后来发现,还好,她只是需要激活。

与秦姐聊天中得知,她的女儿莎莎也在这所学校的合唱团,这也是简欣没有想到的,她以为她孩子怎么也得上中学了。他们足足等了大半个小时,终于联系上于老师,她出来接她们。

一见面于老师赶紧解释说:"抱歉,我们班有一个孩子出了点紧急状况,我是班主任,所以得先处理下。"

简欣还没来得及说话,却听到背后吴戟用他的经典不耐烦语气吐槽道:"一点时间观念都没有。"

音量不高,却是刚好让几个人都听得到的"刻度"。年轻的于老师一时不知道怎样接话,却听嬷嬷反驳吴戟道:"人家于老师都说了是小朋友出状况了嘛,你一点也不尊重老师。"

她的反驳是蜜桃式的,又甜又腻又微微辣,这下轮到吴戟不知道怎么接话了。嬷嬷揪着吴戟的手臂蹦蹦跳跳撒娇说:"你跟于老师说你错了嘛——"

于老师赶紧圆场笑道:"别别,我确实耽搁了点时间来晚了。"

简欣便学着嬷嬷的撒娇腔调说:"于老师,我们错了——"

所有人都笑了。大家一路嬉笑着跟于老师去小礼堂,吴戟表情含糊,和着稀泥,被嬷嬷一路揪了去。下课的孩子们陆续来到小礼堂开始练歌的时候,秦姐的脸上有点雾霾了。她在手机上拨弄着,想要打电话的样子,问:"于老师,不是所有孩子都参加吗?"

于老师说:"不是的,你们只要了 20 个孩子。"

秦姐"哦"了一声。嬷嬷见状解围说:"于老师,能不能让祁莎莎也来参加呀,我们秦姐的宝贝。"

吴戟指了指最边上的小女孩说:"不是只要了20个孩子吗?要不要换那个小女孩回去。"

嫫嫫做了个夸张的惊悚状,又揪了吴戟一把,悄声却还是娇娇地说:"吴戟,还以为你只是不尊重老师呢,你还不尊重孩子。没事儿,合同写的20个左右,没有死规矩,可以的。"

哪些是可以通融的,哪些是不能逾越的铁定底线,这是这家公司里的人常常混淆不清的。看起来都是小事,却会直接反映一个公司的特质,尤其是WH这种以沟通为主的公司。简欣感觉比较舒服的工作氛围是比较宽松但有着无形戒律的,这只有在大家认知一致时才能达成。简欣本来只是想让沟通无障碍的嫫嫫感染感染吴戟,没想到真杠上了。只不过是撒着娇杠上的,而撒娇的嫫嫫,还是美丽的。显然吴戟吸收消解得很好,两人有说有笑,气氛和谐。

合唱的歌曲是童谣改编的广告歌,对于这些训练有素的孩子们来说很简单。莎莎每唱完一次就往秦姐这边看,母女俩很默契地互动表情,两人同款翘睫毛扑闪扑闪,很温馨很温暖。

简欣不禁又想到自己的母亲。小时候有次母亲忙不过来,就把刚洗完澡的简欣搁在高脚凳上——类似现在的吧凳吧,放烘箱前面的,再把烘箱外门打开,让简欣烘干头发。那时的简欣还不能自己从高脚凳上下来,就这么被禁锢在高脚凳上,烘箱玻璃门内是洗净后需要烘干的各式各样的试管、漏斗、烧杯之类的玻璃器皿。母亲与同事们一边忙着,一边各种聊天,简欣静静地坐着、听着，偶尔母亲从实验台各种器皿的缝隙间往这边看过来，她便与母亲鬼脸互动，就像今天的秦姐与莎莎一样。不同的是，秦姐一脸宠溺的表情，这在母亲脸上是看不到的，小时候一直是简欣卑微地爱着母亲。

直到母亲生病住院，有天她突然问简欣："你说这两种药要不要都吃呢，还是只吃住院医生开的药？"

母亲极度柔和的语气，满脸依赖的表情，是从没有过的，简欣心里泛上一种异样感觉。从那以后，她们母女俩格局骤变，简欣突然变成了家里的顶梁柱。简欣这才慢慢体验到当家人与不当家人全然的不同。也因此，简欣仿佛一株玻璃匣子里的芽，突然挣脱了匣子，所有压抑着的能量迸发出来，葱葱郁郁地成长了。所以从大学到工作岗位，虽然简欣也常常犯熊孩子错误，但她一直保持着一种主观能动的状态，保持着一种没怕过什么的坦然与自信。当然，还有小时候被母亲逼到角落里养成的不断自省，这些都成就了她的快速蜕变。

简欣常常会在嫫嫫和伊佳身上看到自己的影子。嫫嫫是收放自如的，古灵精怪的，似乎没有边角一样的圆融，却又是极有主见的。伊佳与嫫嫫同岁，都比简欣小 6 岁，伊佳性格就要沉稳很多，却会有点不谙世事乖娃娃状态。简欣从来没有担心过嫫嫫什么，而伊佳会让她操点心。简欣觉得，如果不是自己有个很强势的母亲，她也许真的就是嫫嫫，而现在的自己，身体里总有左右手互搏，仿佛一个矫饰的自己，略显生硬地，永远在规矩里突围着，在乖巧中反叛着。这，也是碰巧成就了自己工作的特点吧。

正想着，简欣看见一个清秀年轻人匆匆到来。于老师惊讶地说："童校长，你怎么还是来啦？"

简欣心里嘀咕，这个校长好年轻呢。童校长过来跟她打招呼握手，一笑，结果满脸褶子。不过每道褶子都曲张有力，透着一种强能量。说起话来，更是天马行空自带小宇宙，从儿童教育到青少年教育，从城乡统筹教育到教育系统多元生态，从教育系统多元生态到社会生产力生态，从社会生产力生态到社会人文生存大生态，能把两人工作寒暄讲成一个小演说，说服力、感染力爆棚，一副天生领导者的模样。

简欣回家后跟"我在太阳系"汇报的是："我现在一闭上眼睛，面前就能出现你那个童校长童云驹侃侃而谈的褶子脸。瞬间又幻变成太空黑洞旋涡，感觉自己要沦陷在他的太空黑洞旋涡里了。"

"褶子？"

"是呀，你不觉得童云驹满脸褶子吗？"

"……"

"这个这个，就是超强强迫症式的演讲啦，感觉被强力吸进他的太空黑洞旋涡那种。"简欣心想，我得正常点说话，不正常的说话方式也就姐妹们之间比较适用。再说，好歹是人家好心帮助介绍的，不能拿"蘸酱调味说"吓着人家。

2.4 若歌诗的心事

GD 下午茶项目不是大项目，不过项目顺利进行都是让简欣愉快的事，毕竟都是些不能喊"咔"重来的大汇演，太容易出岔子了。绿意盎然的庭院、孩子们天使般的歌声、可爱的甜品们，因为是面向本地受众，邀请的嘉宾、媒体也不多，简欣也不用忙得像多重曝光的连拍相片，作各种瞬间分身状，而是优雅地站在主席台的一边，会心微笑地看着这一切。

简欣突然回头，发现童云驹也来了，正悄悄站在她身边。简欣笑道："谢谢童校长来捧场。"

"你文案做得很有特色，我是好奇这执行效果到底怎么样。"他扬了扬眉毛道。

他扬起眉毛时，简欣注意到，他今天也穿了正装，只是没有系领带。头发向后梳了梳，露出亮亮的大脑门，显得成熟俊朗了。笑起来也温润了许多，脸上明显多了两道酒窝，而不是各种有力量的褶子了。简欣想,估计他上次出门只洗了把脸,啥也没有擦就出来了,这时节天干物燥,于是褶子总动员最终形成黑洞旋涡。

简欣想着便忍不住笑,赶紧说话掩饰:"您看过我的文案?"

"哦,碰巧'我在太阳系'给我看过您的几个公益文案。"童云驹搪塞道。

"难得您能这么溜说出他的名字,我差点给他再加上土星斯基或火星泡芙之类的称谓,哈哈。想想他在纽约又不在莫斯科也就算了,哈哈。"简欣吐槽完了,止住笑,这才认真给童云驹解释道,"其实这个项目是在去繁从简方面下了很大功夫。您看今天的活动气氛很清新呢,国内很少有的不吵闹的推广活动。做这个层面的推广,我们倾向于形而上的走心。"

"他的名字这么令您开心吗?呵呵。"童云驹只得跟着讪笑,会场的小清新氛围显然没能给到他高谈阔论的语境,他转正题,"怎么走心到底是商业推广,太过高大上会不会与真正的受众有偏差呢?"

"不会的,习惯中西合璧式食物的多半是比较年轻的两代人,自身素养颇高,接受新事物能力也超强,所以会有共鸣的。"简欣笑道,"您有尝过这家的乳酪产品吗?真的很好吃呢,我也来宣传一下,哈哈。"

"简总这么喜欢帮宣传,那下周有个农村学生午餐调查活动，您也去帮忙吧，到时我电话通知您。"

"行呀，也是公益项目吗？"简欣脱口而出，紧接着又有点小后悔。虽然她帮忙写案子，但没有想过近距离参与案子，没有心理准备。她刚想说点什么，童云驹跟一个熟人打招呼，他跟简欣示意一下就离开了。他离开后，简欣出于职业习惯环视四周，瞬间看到了伊佳忧郁的侧脸。

项目活动结束，忙完收尾交接工作，天已经暗下来了。简欣与碰巧在渝顺便参加活动的 Tonny 一起出了院子，准备去芭比厨房吃饭，顺便把一些器材、资料带回公司。看见伊佳的车子停在路边，不动，伊佳坐在驾驶室发呆，简欣正好也把她叫上了。到了芭比厨房，入座后简欣首先问伊佳："出什么事儿了，告诉我。"

"没什么事儿。"

"有什么事儿？"简欣逼问。

"还不就是跟的那家公司，昨天又放我鸽子了。"伊佳愁眉苦脸道。

"他们市场部主管不是说好把活动和广告都拿给你做的吗？"

"这单跟了有半年了，说到签合同就各种打太极，约好昨天去他们公司的，结果等了一个多小时，那主管打电话来说在外有事回来不了。我是彻底被忽悠了。"伊佳沮丧地说道。

"不会吧，就是上次我碰到你们一起喝茶的那位吗？看起来很诚恳的呀。"简欣想了想又说,"我估计是他的权限有限,他太想把项目给你了,但是他给不出。你那么美,他真心不想在你这里跌份儿。"

Tonny悄悄笑了,简欣看了看Tonny,道:"这本是我们姐妹的私房话,要不你披上哈利·波特的斗篷暂时隐身一会儿吧。"

简欣继续给伊佳出主意:"他们那种规模的小公司,也许营销投入的事还是他们老总说了算,你干脆直接找他们老总吧。"

"说过找他们老总,那人总是找各种理由推三阻四的。"

简欣一拍桌子,说:"那就对了,人家喜欢你嘛,所以肯定不乐意介绍你认识他们老总的。"

Tonny忍不住又笑了,简欣又看了他一眼,他下意识避开简欣的眼神缩回"斗篷"里。

简欣继续对伊佳说:"你要么止损,不再跟这单,要么直接去找他们老总。你肯定不甘心被忽悠,总想扳回来,是不是?去找他们老总。"

简欣这才转头跟Tonny解释说:"我是碰见过尹佳与那个主管的,三分钟,我就知道,如果他能给她项目,早就给她了。只有她这种360度无死角的混血美女会遇到这种匪夷所思的事,如果是我这种360度N死角的普通美女遇到这种事,事情会自然而然有一个正常的程序,因为大家都会保持一个客观的项目评估。"

"我不是混血儿,你知道的。并且我真的只是正常工作,真没有谈到复杂的事儿。"伊佳苦着脸道。

"长得像混血儿也算。谈没谈到是一回事,有没有这种可能是另一回事,我没说他一定想要做什么,是潜意识造成的意识混乱,最后他无法收拾残局,就是这样的。你太美了,绝对是优势,但要比其他人多做一件事,就是要有意识去规避这种不必要的时间成本。"

Tonny忍不住"显形"说:"那宇博那里是不是也可以拉到广告业务呢?"

"Tonny,宇博他们那么大的公司,方方面面都要平衡到,我们能拿到这么几个大项目已经很不错了。慢慢来吧,今天有置入他们的车模,是抽奖的奖品之一。"简欣解释道,"对了,还有今天的食物特地选了芭比厨房的,食物旁有雅致小标签的,都是芭比厨房的。这算是预置入,芭比厨房也要在我们这里做推广,这次还给我们打了很大的折扣。"

Tonny问:"今天的食物都是芭比厨房做的吗?"

"有一半是她家的,我们只想试验一下,发现效果很好。芭比厨房的食物非常有特色,很安静很诗意。你知道吗?那些嘉宾、媒体人出个差就得天天吃酒店的自助餐,下午茶一看还是酒店自助餐,就没有新意了。"

这时,服务生把各式菜肴和点心上齐了,简欣一看说:

"咦，独独没有下午那款茶酥。"

"好像没有了呢，要不我再帮您看看吧。"服务生答道，便回去了。

简欣接着解释说："其实我把客户们紧紧团结在周围的方法，也就是不断地'麻烦'他们，互相置入，形成联盟。我的时间和客户的时间都很宝贵，所以我一般不会找客户瞎聊，找他们时，就是有事，真有事。"

这时，芭比厨房的老板娘念念端着茶酥过来了。跟简欣寒暄过之后，转向伊佳说："你不认识我了吗，伊佳？"

伊佳"咦"了一声，也一下子叫出了念念的名字，两人亲热拥抱，俨然一幅迷死人的双美图。伊佳笑道："亲爱的，下午真是没有认出来，主要是你现在太美太性感了，跟你当初'念哥'范儿区别太大了。"

原来她俩是初中同学，那时念念还没长开所以极瘦，赫本头极短，显得眼睛比现在还要大，自称"念哥"范儿。据念念说，伊佳当时是班长，人称"花无缺"，整个一五好少年样样红。简欣笑了，总结道："伊佳这个有点三岁看到老的意思。"

念念一坐下来便三句不离本行聊起芭比厨房的食物故事，简欣她们点的每一道菜，念念都能讲出些来龙去脉故事、诗情画意感受。比如简欣点的茶酥，她的描述是"坐酌泠泠水，看煎瑟瑟尘。有缘持一饼，赠予爱茶人"。

伊佳笑道："改得好有禅意。"

念念继续说道:"茶是有清心疗愈作用的,所以吟咏霜毛句,闲尝雪饼茶,城中展眉处,只是有我家。哈哈。茶酥茶香扑鼻,这茶叶是阳帆去茶园直选的,真空包装运回来,做茶酥之前才磨当天用量,千方百计锁住茶香,所以你们吃在口里的新鲜香味是我家独有的。这茶酥不仅可作餐后甜点去油去腻,其实真是可以颐养身心的。"

接着,念念居然为她家茄汁明虾吟诵了《琵琶行》,她道:"每只大虾都是一把小小琵琶,你们听到它们的Q弹乐声了吗?想到盘子里不是饕餮食物,而是可爱的琵琶小精灵,是不是吃起来味道也不一样了呢?食物是让人快乐的,是赏心悦目的,更能让生活体验更美好的,不是吗?"

念念说话时谜一样的大眼睛会认真地望着你,时不时微微摆动她的美丽脸庞,由不得你不信的模样。几道菜抒情宣贯下来,大家心悦诚服,个个感慨,没有见过做餐饮做得如此有文艺范儿的。连简欣这条理性钱串也被感染到了,回到家时都还兴奋着,心想有好多话题可以做呢。等洗过澡清醒下来,她又有点遗憾,项目真是小了点。

2.5
多肉植物总动员

第二天一早,简欣正在办公室给 Tonny 汇报工作呢,嫫嫫蹿进门,先喊了句"亲爱的",发现 Tonny 在,赶紧改口:"简总,Tor,Tor……"

简欣说:"他姓汤。"

"汤总,您的全名是什么?我正在给全体同事起多肉名字呢,要不给您也取一个?"嫫嫫很认真地看着 Tonny,仿佛要把他复制存储一样,然后又转头认真地看简欣,把简欣也复制存储一遍。

简欣帮 Tonny 答道:"他的全名是汤祥侠。"

嫫嫫艰难发音:"汤——祥——侠,算了,我还是管你叫 Tonny 吧。"

旁边简欣笑得不行,道:"我也是觉得他的名字太难念了,还是 Tonny 比较顺口。"

"Tonny，要不你选'黑王子'吧，这个，这个，虽然你不怎么黑。"嫫嫫正说着，看见吴戟也进来了，便笑着调侃他道："多肉名要跟气质相符，你看吴戟的多肉名是'黑法师'，吴戟是真有黑法师气质的，很邪恶很邪恶，哈哈。"

"别听她的，我早就被嫫嫫和伊佳蹂躏成泥塑法师了，脱胎换骨、改装重组呀。"吴戟叫苦道，"她俩才是很邪恶很邪恶呢。"

最终腼腆的 Tonny 还是没有选"黑王子"，而是认领了"万年草"了事。这时，伊佳出现在门口，施施然贴着门框，一副没睡醒的样子，朝简欣努了努嘴，说："我把芭比厨房的案子发到你邮箱了。"

因为伊佳与念念的同学关系，简欣便让伊佳着手芭比厨房项目，没想到伊佳很快就把方案拿出来了。伊佳道："昨晚回家很兴奋，没有睡意，就把方案大纲先做出来了。"

简欣上前摸着伊佳的脸说："可怜的伊佳，你是不是没睡醒呢，是不是被你的念念同学'蛊惑'了啊，哈哈哈。你那位念念同学的确很让人着迷，那大眼睛跟有魔力一样，说起话来轻言细语、有声有色跟念散文诗一样，让人不能自拔，昨天我回家也是晕乎了好一阵子。"

然后简欣又转头问："Tonny，你是不是也有同感，哈哈。"

Tonny 的心思却在迷糊的伊佳身上，昨晚那愁眉苦脸的样子就让他挺担心的，今天见她目光迷离地朝简欣做表情，真是又心动又心疼。心想是不是简欣要求太严格了，有必要熬夜做案子吗？他却不去想是伊佳自己要熬夜的。简欣见 Tonny 若有所思反应迟滞，也不勉强，因为她也在情绪中，嫫嫫和伊佳的得力和能量让她有点小嗨。

嫫嫫插话道："可是莎莎觉得不好吃呢，她说怎么不甜，哈哈，真是众口难调。"

简欣道："嫫嫫，昨天你送秦姐提前走了，我们后来又去了芭比厨房的，那个念念太神奇了，你可以会一会她。他们的食物可能的确不适合儿童，可很能满足一部分成年人的挑剔味蕾和文艺心情。"

"哈——武功比我还高？下次一定会会。"嫫嫫故意做了一个惊讶表情，然后笑着与伊佳两个蹦蹦跳跳跑出去了。

嫫嫫和伊佳出去后，简欣便与 Tonny 聊起她俩的事，之前 Tonny 只是在电邮里听说过她俩。简欣说："Tonny，你知道为什么她俩会跟我过来吗？"

"你是说薪水之外的理由吗？"

"可以这么说，在合理的报酬和平台之外，认可、认同、欣赏、信任是最好的聚合力，我想这是她们愿意跟我过来的一个重要原因。不过我认为，报酬和平台本身就是认可、认同、欣赏、信任的体现。我知道公司的情况很特殊，这些人都有通过间接关系使公司受益的历史，你打算'仁至义尽'是不是？所以我们公司就形不成'平台—生产力—报酬'的运营常态，员工也就不能形成正常的工作认知、自我认知，当然也就不能形成高能聚合的工作氛围。可对我来说，是要承担公司运营后果的。"

简欣想到疗养院里每天活得兴高采烈的母亲，在各种礼节性拜访寒暄的热闹之后，继续保持着联系的多是一些惺惺相惜的朋友，日子突然变得明朗清新，这是职场中不可能做到的。母亲的确也不打算再出来了。母亲让了位子出来，那班人巴不得安抚着她一直疗养下去不要出来，母亲也乐得顺水推舟。记得母亲曾幽幽地说："其实我得这个病也是一种报应。"

"你加过违法添加剂啦？"简欣尽量以开玩笑的语气问。

"不违法，但知道是不好的。可是我们不做别的企业就会做，一大厂子的人等着发工资呢。唉。"母亲叹气说。这大约是母亲下定决心疗养到底的主要原因吧。

简欣想，责任担当没有错，可是我不希望被责任担当逼到沟里去，所以当务之急是催化出这个团队的能量。她继续说道："公司员工因不同原因聚集在一起的，不可能奢望员工们齐齐天然地相互认可。在不认可中催化出认可，虽勉为其难，却是我们必须要做的。所以我们仨一直在试着找出每个人的亮点，首先让她们自己认可自己，重新定位自己，释放能量，与公司一起成长。"

简欣把具体方案拿给 Tonny 看，道："你看，我把责任也分级下放，比如让秦姐她们也承担部分项目，秦姐会做一些像留学生招生推介会之类与学生相关的内容。她很热衷教育方面的事务，虽出自母爱的初心，但她做得有板有眼，就像她说一口地道川渝普通话一样，音调有点奇怪，但吐字清晰，思路也很清楚。她可能永远不能像嫫嫫、伊佳那样有多时尚多潮，但是生产力一点不含糊。以此类推，所以多肉植物总动员是可行的。"

Tonny 笑着说："然后呢？"

"然后就是想办法给他们野蛮生长的适度空间和激励，我知道你笑什么，不是找你要钱，而是羊毛出在羊身上，从效益里多拿几个点作激励，直接反映每个人的能量，能者多劳也多得。"

Tonny 仔细看过后，笑道："先说清楚，是你自己给自己加压，不是我给你加压。"

"没办法，我这种夹心饼干，对上为员工讨福利，对下为老板讨效益，压力山大呀。"简欣叹气道。

2.6
芭比厨房的无米之炊

简欣把电脑里伊佳发来的方案点开来看。不看不知道，一看吓一跳，她打内线又把伊佳唤进来，道："亲爱的，我觉得你真的被蛊惑了。念念那家店，回本都还早得很呢，哪有那么多钱搞什么电视烹饪比赛呀，微订餐微营销做做就已经差不多了。"

伊佳一脸茫然，显然还是熬夜的后遗症。简欣继续说道："你再去跟念念沟通一下，他们出多少钱，你把他们的预算一块不留地做到极致，这才是正道。你懂的，你一直都懂的。你案子做得很出色，人家心动了，但预算不够又做不了。看过大项目，小项目又看不上了，这样很容易就黄了。其实就跟你前天那单一个道理，要把他们给得出的拿够，给不出的，就不要让他们过度纠结，以免小单也丢掉了。"

简欣心疼地拍拍伊佳的脸颊，道："这样吧，你把方案分成一大一小两份，着重介绍芭比厨房微营销的紧迫性好了，大方案将来还是有可能用到的。这样你一宿辛苦也不会白费。你看你，熬了一宿还是这么美。这样，你拿回去改，顺便先补两小时觉觉。"

这时就听到 Tonny 吆喝了一声："要不让嬷嬷开车送她一下吧，她这样开车很危险的。"

Tonny 其实想说"我送她回去吧"，话出口却变了，他只好顺着把下半句讲完。昨晚他就想说"我送你回去吧"，可是他为工作方便，一向就住在公司旁的酒店，基本没有顺路的借口，原公司的车子和司机又都归到那半拉去了。

伊佳不假思索地回答道："我坐地铁来的呢，没有开车来，我知道我今天不能开车。"

简欣看了看 Tonny，笑道："你看，我们的伊佳是表里如一的'花无缺'呢，要不你开我的车送她回去吧。"

Tonny 和伊佳离开后，简欣还在掂量着这个案子，她估计能落到实处的应该只有微营销和客户联盟置入营销。事情果然不出简欣所料，两天后，伊佳回复是，芭比厨房的预算不够，可能只签微营销和客户联盟置入营销这两个板块。不过项目小，占用人力成本也小，基本可以顺带做了。简欣常常自嘲干这一行跟手艺人一样，没有流水线，没有机器人，更不像那半拉频道广告投放可以有无人操控的缓冲区间，所以人力成本需要精算才行的。这也是简欣极力进行多肉植物总动员的主要原因，当然也是简欣出激励方案的重要原因。

几天后，简欣正和嫘嫫一起在健身房健身，伊佳兴冲冲地跑来跟她说："亲爱的，你知道吗？芭比厨房要签第二方案，大合同呢。"

原来，念念一门心思尽量把她想要表达的表达到极致，看起来娓娓道来很是老练，似乎能把简欣她们三个讲到呆萌，但其实只是假老练。在美食文艺上太过用力，而一说到具体详细的全局方案、实施步骤，念念立刻呆萌露馅。并且，念念居然一直没有告诉她们，芭比厨房只是一条"食物链"的一部分，他们这里好几家公司呢。伊佳说："念念今天找到我，说她家阳帆觉得第二方案可以做，于是今天改推广她家的食物链了。"

简欣开始一边听一边继续做她的仰卧起坐，听到一半坐起来了，拥抱伊佳道："亲爱的你太厉害了，幸亏你做了大方案。晕哦，亲爱的，你是要倒逼着我不得不承认我刻舟求剑了是嘛。"

"念念是真的太专注她的店了，忘记了她家的食物链，才没有介绍清楚，所以欣姐你没错呢。"

简欣道："念念只是经验不足，可是她这种人学习能力超强的，下次呆萌可能又是我们呢。"

伊佳又说："不过方案有几处改动，比如电视比赛改为一周一次的视频擂台赛了，这样规模小了，很好操控，还可以直接用在微营销上。这是 Tonny 改的，他主动要我的案子去，前天改好了，又发回给我的。我觉得他做事真的很认真，也很有想法。"

简欣惊得下巴都掉了，嫫嫫像突然长了顺风耳"噌"一下就过来了。两个人都别有用心地看着伊佳，伊佳笑道："别这样看着我，上次他开车送我回家，顺便谈到而已。"

嫫嫫意味深长道："伊佳，你的各路神经都精细管理，就只这路神经大条。"

简欣道："我倒是有预感的，但是没想到这么快。对于宇博这样的男人来说，其实也就是正常沟通行为，不过对于Tonny这种性格的男人来说，那可是大动作了，哈哈。"

"你们俩别瞎猜嘛，没有什么啦。"伊佳先是辩解，然后自省道，"上次倒可能真的被欣姐说中了。那个销售主管离职了，他的一个同事晴接待我，结果跟你判断的一样，他们真的没有广告业务，晴说他们推广仅限于行业展会中的 3×3 平方米展间。还见到了他们老总。结果告诉我说，他们的广告业务是由集团公司统一打包做的，还让晴带我去同一幢大厦里的集团推广部呢。不过一路上晴告诉我关于那位常经理的事，我听着好像完全不是一个人，晕啊。"

原来常经理常常跟晴他们聊到自己的老婆孩子，在同事们眼里他是个忧心忡忡、总担心不能给女儿更好生活的父亲，最近更是表现出对工作的各种不满和失落。可是在伊佳面前，常经理虽然没有任何不妥，但给伊佳的感觉一直都像大龄单身青年模式，言辞行径完全不是居家男人模式。伊佳一如既往的认真，感慨道："模式切换得好利落，这半年我们谈过七八次呢，一点痕迹都没有。这本来也是没有问题的，可是一加上广告谎言，这些都成了伏笔。"

嫫嫫趁机恐吓伊佳道："所以，是伊佳你让他自惭形秽，直接把他逼走了！哈哈！"

伊佳做了个尬表情便跑去换运动服了。简欣道："伊佳和Tonny的共同特点是乖，真要乖到一堆儿去也是蛮配的。"

嫫嫫道："伊佳是真乖，Tonny有多乖还不知道，在你面前装肌无力，在伊佳面前就忍不住秀肱二头肌，下次没准秀腹肌了。哈哈。"

"好歹有点荷尔蒙也不是坏事，不然你又嫌人家肌无力。"

嫫嫫黏黏糊糊地说："我嫌不嫌没有关系，伊佳不嫌就好。我只爱你的，我们两个不乖的在一起吧。"

"得了，你还是赶紧管管在德国留学的那位同学吧，谁说去德国的留学生中无美女，你也看到相片啦，显然你被忽悠了，哈哈。"嫫嫫的男友杰铭在德国留学，总是安慰嫫嫫说"去德国留学的女生都丑得很"，结果最近一张同学合影穿了帮。

"那些是日程表上的事，今天我只爱你。对了，亲爱的，你很长时间没有请我们吃饭了，今天请我们吃火锅吧。"嫫嫫继续撒娇道。

"我常常一地金毫毛的好不好,真是白疼你了。我也想吃火锅呢,可是这一吃刚刚燃烧掉的卡路里又得吃回来了。"

"都是为了你好呢,欣姐,你不吃点长点,拿什么燃烧呀。"

简欣作势一记拳头过去,与嫫嫫打闹成一团。伊佳换好衣服跑回来,分开她们调侃说:"改练拳击啦?"

两个"拳击手"住了手,嫫嫫忍不住诧异地说:"伊佳,你的画风变了吗?这不是你的说话风格,你一向负责冷幽默的。"

简欣则笑着通知伊佳待会儿一起吃火锅,伊佳皱着眉头计算着说:"一顿火锅得有一千五百卡吧,我得多做两组仰卧起坐,多做两组哑铃,多做两组划艇。你们做了多少啦,要等我哦。"

"恢复本真。"嫫嫫鉴定道,接着,忍不住调侃伊佳道,"得了,你还是明天加做吧,现在多做了待会儿吃很多的,哈哈。"

看着嫫嫫和伊佳进入惯性嬉闹模式,简欣却还在想,切换模式并不都是这么容易的,尤其在切换角度、聚焦点、思维路径时,自身惯性、外界干扰都可能造成误区,幸亏是跟优秀的同伴们一起工作,不然像常经理那样一次误切换,不得不一路误切换下去。不过她又想,也许常经理也像自己一样,因为伊佳的催化或倒逼,现在已经切换到正确的轨道了呢,虽然他的切换给伊佳制造了不少麻烦。

不过最让简欣欣喜的还是芭比厨房的案子,简欣知道,点子是越做越有的，所以大案子有大案子的好处，有不断探索的空间，而深耕深挖出点子的快感又是与大案子的营收成正比的，真是双嗨的节奏。而嫫嫫和伊佳则一致认定，简欣这种钱串是要看到钱后，脑子里才自动出点子，因果关系明确，毋庸置疑。当然，她们仨的观点在芭比厨房案子上全体现了，她们把新方案称为"芭比厨房的魔法版图"。对于简欣来说未尝不是如此，本来更多是"从来没怕过什么"的自信，而现在，她的版图也渐渐清晰动感具象，如同在健身房里九宫格塑身，各就各位，指哪儿打哪儿。

2.7
爱与美味手牵手

当然简欣也有纠结的时候，自从一不小心答应云驹调研的事之后，她一直有点担心，万一看到的不如预期会怎么样，这个不如预期偏偏又会有很多种。她做方案时一向喜欢在脑子里预演，却不太愿意去执行这种方案。她认为如果偏去掌控不能掌控的，很容易变成患得患失的强迫症，会严重浪费时间和能量。这是简欣不喜欢的。

她忍不住又向"我在太阳系"吐槽，她点开APP，发现此人已变身为"外星人"了。她扑哧一声笑了，瞬即又转回愁苦撒娇脸，叨叨道："外星君你知道吗？其实我有点纠结要不要跟云驹一起去调研。我一直觉得，方方面面的情况都可能影响执行效果，而这些方方面面都不可能像商业方案那样可控。对于这类无法掌控的，我想说，出一点力便好，知道事情向好的方向发展就好了。我愿意等着慢慢变好，事情本来就不是一蹴而就的。我我我我，我直打鼓，各种退堂鼓。好想跟他说不去，好想跟他说不去，好想不去，好想不去……"

突然看到外星人蹦出一行字："你常常会秒变小女生是吗？是你吗，简欣？"

"人家纠结嘛，真的很纠结呢。"简欣回复道，心里却自嘲说："我很作吗？很作吗？我还以为只有嬷嬷作呢，晕。"

简欣想，只有保留意见跟着云驹他们去走一圈了。显然，简欣是轻"敌"了。

因为调研学生午餐情况必须得在工作日，又必须中午同时到达每所学校，所以云驹和简欣他们一行八人，只能分头调研。云驹和简欣一组，他俩去的是马兰花小学。这所学校不大，一百来个学生，午餐时间大小孩子们拿一个圆饭盒盛饭菜，简欣一眼看到"咦"了一声，跟云驹说："你们也想到给他们每人配了个饭盒呀。"

"是的，说明纸上谈兵的意见也有被采纳的，虽然常常不科学，哈哈。"

"这到底是表扬还是批评？晕。"这项目隶属另一个公益组织，所以简欣笑道，"可见又是通过外星君采集的我的纸上谈兵意见。"

简欣解释道："其实我当时只是考虑到小孩子们喜欢跟周围的孩子一样，所以上次有人提议把孩子们直接送到城区小学，搞什么融入，我是坚决反对的。这么小的孩子发现自己

'与别人一样'会更好一点,更有利于成长,以后中学大学心智成熟足够自信后,再去进行交流和沟通比较好。"

云驹正想说点什么,正好有小孩跑过来说:"童老师,你看我吃什么。"

他俩一看,原来是一种自制榨菜,是新鲜榨菜切小片晒干加辣子腌制的,尝尝果然非常好吃。云驹道:"你看,不仅仅是我们与孩子们分享,农村也有很多好东西与我们分享。这是你这种纸上谈兵精算师想不到的吧。哈哈。"

简欣道:"童校长,我觉得我是受教育来了。我要举手投降给你看吗?"

云驹笑了,甚至有点坏笑,嘴上却很谦逊:"是我讲太多了吗?"

"可是公司管理和社会管理真的是不同的……"简欣正说着,看到被夸榨菜好吃的小孩笑得很开心,忍不住蹲下来,作势要吃的样子。小孩大方地把饭盒伸到简欣面前,很骄傲的样子。简欣想,云驹真的是很细心呵护着这些小苗苗。简欣不由得仰脸看了下云驹。今天云驹穿了件灰色毛衣,领口袖口则是撞色蓝边,配上里边的白衬衫领子,一副青春大男孩模样。这个大男孩明明正身体力行地努力做着一些无法量化计效的事,然而,却偏偏让简欣这个处处量化计效的执行控另眼相看了。

云驹被看得不自在了,问:"看什么?"

简欣笑盈盈道:"没什么。好吧,可以解释为:第一次仰视你。"

"我跟很多企业打交道,常常看到像你这样的,一副走精英路线的自贴精英标签者,大方做公益的也很多,可是难得有你这样放下身段、设身处地为孩子们着想的,不仅关心孩子们身体营养,也关心孩子们心灵营养的人。"简欣站起身解释点赞的原因,然后说,"我很少这样给人点赞的哦,不过你听了也不许翘尾巴,要再接再厉。哈哈。"

云驹只好假装伸手把身后虚拟的翘尾巴使劲按下来,按了好几次才按下来了,简欣笑得不行。

他俩一个个地给孩子们做问卷调查,问着问着,简欣忍不住笑说:"这个问卷明明是我做的,怎么又到你手里啦。"

原来,简欣把问卷调查做成很亲切的交流沟通,不只单纯地问每天午餐的情况,还问吃过的最好吃的是什么,最喜欢的是什么,最不喜欢吃的是什么,什么东西没有吃过但是最想尝一尝的。问着问着,孩子们便围着他俩七嘴八舌地抢答了,每个回答都引起一阵大笑。云驹和简欣一边记录,一边也跟着孩子们一起大笑,秒变孩子王。

简欣发现没有人说喜欢吃红薯,问:"没有人喜欢吃红薯吗?我好喜欢吃的。"

"我家红薯是给牲口吃的——"一个孩子大声接话道,又是一阵哄堂大笑。

"红薯好好吃好有营养的,做你家的牲口好幸福。"简欣笑着说道。

经她这么一说,孩子们的情绪立马被调动起来了,他们七嘴八舌地嚷嚷"我也喜欢吃红薯""酸辣红薯粉我最喜欢""我喜欢吃红薯干红薯稀饭",简欣笑道:"原来你们跟我一样,都是这样幸福的'超级牲口儿'呀。"

孩子王和孩子们全部笑得前仰后合手舞足蹈,个个都嗨翻。做完问卷调查,马兰花小学的老师领他俩去厨房看,给他俩介绍这里每周营养配搭、食材采购、厨房作业等情况,还让两人体验了下一荤两素的学生餐。两人吃着黄豆炖肉、炒白菜、炒南瓜丝,觉得味道不错。

简欣美滋滋道:"觉得有点大学食堂的味道,黄豆炖带皮五花肉,既有蛋白质又有胶原蛋白,我很喜欢,哈哈。"

云驹笑道:"原来还很符合简老师的营养标准,今天本来没打算关心简老师的营养,不过见简老师吃得一脸高兴,我也很开心。怎么样,方方面面符合你这纸上谈兵精算师的精算效果吧。呃,这个这个,你的意见比较重要,哈哈。"

"什么,什么,不是简老师吗?称谓怎么一下子又变了。'外星人'什么什么都跟你汇报是吗?你不要再打击我了,你也关心关心我的心灵好不好。"简欣笑着挥了挥双拳,说,"呃,这个这个,我真的是会武功的,哈哈。"

末了,简欣解释道:"其实我不是纠结一餐饭,而是不得不想很多。刚刚说过了,公司管理和社会管理真的是不同的。

公司管理方方面面都是可控的,社会管理很多方面是不可控的,方方面面的基础不一样,方方面面的认知不一样,方方面面的动机不一样,方方面面的不确定因素太多了。而我们只是助力者,又不是主导者。"

"简欣,不管是不是有方方面面的不确定,坐等肯定不是最好的方法。向好的方向发展,也是一步一步积累起来的,助力半步都是实实在在的进步。我们确实不能太过理想化、想当然,不过你这样坐等花开的精算法[16]还是太消极了,哈哈。"

简欣只好作抹眼泪状,左手擦擦擦,右手擦擦擦。云驹大笑,拉住她还要继续擦擦擦的手,说道:"行了,别演了,我带你去看风景吧。"

简欣跟着云驹一溜小跑到了学校一侧围墙边,望出去居然是开阔的山谷,可以看到很远的天空,天空下是满眼的绿色,有层层云片糕般的梯田,有随性生长的草木,谷底还有畦畦菜地,很是一番质朴田园风。

简欣很享受地深呼吸,对云驹说:"没想到普通农村也可以这么美。"

云驹说:"是的,如果视线常常局限于坑坑洼洼的小路,斑驳破败的泥墙,堆满拉拉杂杂的院落,村子里熟人熟面几张脸,以及翻来翻去的几桩家长里短,的确会影响孩子们的心智成长。"

简欣扭头看着他,接话道:"我们自己常常也有类似情况,视线中常常是漠漠然的电梯,是拥堵的车流,是堆满文件的办公桌,不知不觉中被各种琐碎一步步拦截在逼仄的意识空间。偶尔远眺,会有豁然开朗的感觉。"

"是的,观念的改变,比什么都重要。"

"我也觉得是。孩子们穿着上看不出很大的城乡差别,午餐一荤两素加牛奶,温饱是没有问题。最欠缺的还是视野,或者说,是常识,除课本外的认知常识和观念常识。"

云驹道:"开拓视野需要每天接收很多优能信息量,所以一方面要走出去直接体验吸收,另一方面要通过书籍、电视、电脑甚至志愿者老师接收,后者可行性更高一些。"

这时,两个孩子跑过来好奇地打量他俩,两个扭捏地互相挤来挤去,说:"童老师,你们在看什么呀,我们也要看看。"

围墙有吧台那么高,所以云驹和简欣就一人抱一个,把两个孩子托起来看。两个孩子用了孩子们特有的浮夸表达,呜啦啦嚷嚷"好漂亮"。云驹和简欣相视一笑,简欣道:"想说给他们'托一把',是不是太过夸张了,有点自我标榜的样子。你刚刚是不是跟我想的一样,哈哈。"

"的确可以说是'托一把',不算啥标榜,最主要是真的做了,哪怕只出一点力,而不是纸上……不说了,我武功不如你,哈哈哈。"

简欣笑得托不住了,就把孩子放下来。云驹跟俩小孩说:"只要你们想看,其实到处都看得到。你们这么聪明,以后要学会自己看风景。"

"知——道——啦——"俩孩子继续浮夸长音,蹦蹦跳跳跑开了。跑了几步,想起什么,回头又挥手说道,"谢谢童老师,谢谢简老师。"

云驹笑道:"你看小孩子只要用心,学什么都还是蛮快的。我们不是在揠苗助长,我们只是搭把手、加点肥,主要还是靠小苗苗自身吸收营养茁壮成长。像你说的那样,我们只是助力,最终还是要靠他们自己努力。就像这所小学名称'马兰花'的寓意。"

"是的呢,在某些方面我们的想法是一致的。我们尽可能引导孩子们发现自己有的,明白自己的快乐幸福小确幸并不比城里孩子少。暂时没有的,通过努力也能够拥有。"

他俩继续望远,时而眯起眼睛,任由清凉的风吹拂,简欣说:"今天放空一天好舒服,可惜明天还要加班,真想就这样一直待下去,享受这份纯净的感觉。"

"以后有类似活动我再约你,你不许纠结哦。哈哈。"

"对了,最近我们有个芭比厨房项目活动就在这附近搞,到时我也邀你来参加吧。"

"一言为定。"

第三部分

与美食共舞

3.1
跑步前进美厨娘

与初入职场的所有年轻人一样，念念铆足了劲给自己找工作存在感。阳帆在乡下还没有回来那段时间，她就一头扎在店里作各种工作范儿，不知是爱上了工作，还是爱上了工作着的自己。相隔半年终于与阳帆会合后，念念更是启动紧急随动模式，似乎也可以称之为"指哪儿打哪儿"，只不过与简欣那种气定神闲的各就各位相比就大相径庭了。都知道指挥是写意的，执行是工笔的，在阳帆分身乏术不常在店里的情况下，这种写意—工笔流程就显得尤为突出。都知道工笔最是要耐心细致、有条不紊，可念念就是不由自主地用力生猛，仿佛在工笔画上肆意泼墨，状况百出。连阳帆都不禁反省，担心是否是自己哪天不小心对她过度要求了。这当然不是阳帆的错，是念念太想说服自己了。

这天午后，正是芭比厨房最清闲的时候，念念把额头贴在玻璃墙上，望着外面被阳光照得发亮的蔷薇墙发呆。她又用力过猛了，这次是发促销传单发多了。昨天，这个购物中心里面正好有个亲子活动，来了很多带孩子参加活动的父母。念念她们却一如既往地发传单，忘记控制传单量了，传单上偏又没有分门别类限定日期，结果是，私房菜馆活生生地变成了快餐厅。

阳帆家里比较在意，选的正式开业日子很靠后，芭比厨房一直还是试营业，所以玻璃墙外的台子一直都还没有开始用。见客人突增，念念不假思索便让服务生们在室外台子摆上用具，都用起来。服务生本已分配有服务范围，突然增加室外台子，整个就乱了。就好像中规中矩练了一套拳，到了真正打架时手脚并用乱出招，满场的群魔乱舞。甚至有食客爆笑着跟念念说，看到有服务生来来回回穿梭，忙着听客人们的各种指令，要执行一个指令时总是被另一个新指令打断，团团转20分钟没有做成一件事。紧接着，厨房也忙不过来了。

阳帆回到店里的时候，只看到残局了。他进操作间没有看到念念，正想回身找念念，却感觉身体被撞击了一下，念念已拦腰抱住了他，像吸盘一样紧紧黏在他的后背上了。阳帆握着她的手，扭头看她，看不到她的脸。念念像这样启动树袋熊模式好几次了，阳帆也适应了，他默默地握着她的双手，等着她恢复过来。过了三分钟，念念放开了他，并不跟他说话，又出去忙乎去了。

他曾经调侃念念说："你是把我当古希腊神话里的大地之

母啦?"

念念笑着还嘴道:"喔,公的地母。"

不过念念烦恼的时候比较没有防御力,很容易被说服。阳帆出去拉她回来,她也顺从地回来了。让她坐下,倒了一杯水放到她手里。她也顺从地手握一杯水坐着,一脸无辜女学生模样。此时的念念,浓密的黑睫毛扑闪扑闪,大眼睛却深邃而空洞,满脸红扑扑不说话,脑子里却一片嘈杂。她心目中的自己不是这样的自己,她好像一直以来也没有这样频频出状况,她觉得糟极了。她也尽量想让自己平静下来,仿佛体检时看色盲卡,要在一片嘈杂的色块中理出个 ABC 来,可此时徒劳。

他安慰念念道:"不是只有新店有这个问题,老店也有这样的突发事件,小 case[17]。"

念念不知道为什么她觉得惊天动地的事,到了阳帆这里就轻描淡写了。好像拳头打在棉花里,没有碰撞感。她觉得可能阳帆骂她两句她会更舒坦一点,其实不然。她没有意识到,她只抱抱阳帆而不是跟阳帆说什么,本身就是一种下意识的自卫。一心希望阳帆看到自己最好的一面,而不是过程中的各种跌宕起伏,这本是不可能的事。可是年轻的念念不知道。

阳帆的轻描淡写不是装出来的。他看到念念手忙脚乱的样子,甚至还有点想打趣一下她的念头,觉得不合时宜便打住了。与念念相比,阳帆的社会经验、经营经验要丰富很多,这得益于他有个把他当支柱的母亲,更得益于他有个从小就把他当朋友而不是小孩的父亲。他记得父亲曾跟他说起过跟俄罗斯人做面粉生意的事,说每次谈判都会到凌晨,甚至天亮。完全是拼耐力,谁撑不下去了,对方就赢了。父亲挨到了很多好价码,可是挨垮了身体。再喜欢的行当,都有焦灼的桥段,做餐厅如此,做他的有机食物链也是如此,都是琐碎磨砺多过雄韬宏略。这些都是他预见到的,只要事情没有超出他的预设限度,他便不像念念那样不适应。

阳帆思忖着,对于完全没有工作经验的念念来说,让她第一时间得心应手地掌控店面和人员的运作节奏,可能是有点为难她了。念念在店面管理上又过于着急,满屏投入,显然没有给到她自己腾挪回旋思考的空间。所以只有设法让她把工作重心移一移,做一些非全局性的工作,不需要掌控住全场的,可以开发新菜式,再发掘发掘她的美食细胞和文艺细胞,还可以让她跑跑集团客户营销什么的,可以看看别人怎么做,换个角度看问题。这样,不打击到念念"高烧不退"的工作热情,也不用把工作节奏刻意缓下来,自然而然地从焦虑中脱身出来,这是另一种空间腾挪方式。

可此时念念还是颇受打击,她倒没有很在意管不管店面,她只是很在意她犯的错误,一想到就想闭眼睛,不忍直视。不过闭上眼睛眼前仍是一幕幕回放,不过回放的都是阳帆眼里的自己。她跟她母亲碧儿一样,对于预期的事情总有很强的画面感,当然,回放的画面感也很强。预期中她是干练优雅地指挥若定,有着高高城墙上的俯视感,而事实上,她在墙脚下昏天黑地地混战,不见天日。

回放着,她又深深吸一口气,告诉她自己,她不要这样下去了。再回放着,一节一节,她开始慢慢反省到哪些是做错了。想到帮她解围,又没有一句责备的小纪,真是有点感激。小纪就是另一个"不务正业"的厨师。

昨天小纪本来在操作间忙乎并不知道外面情形,收进来的菜单越积越多,知道出状况了,才赶紧出来帮念念。小纪的解围办法看起来也很简单,直接把赠品点心端出来给等位等餐的有券顾客。不愿意等的顾客可以直接把点心带走,很快疏散了一些顾客。赠品正好都是蒸格里现成的,不占厨师的时间。室外台子专人负责,去除了一个多人兼管区,几个服务生一下子回到操练好的套路上了。安排完后小纪又赶回操作间跟另一个厨师一起加紧赶菜出来。

这样一来,其实念念只要稍稍帮忙招呼顾客,偶尔当当区域兼管人就可以了。念念继续着急在全区乱窜,其实是念念下意识的深深自责所致,忙得不可开交的样子可以隐藏自己心底的凌乱感。这是念念没有察觉到的。不过一旦理清状况,从坏情绪里脱身出来,那些囧瞬间也瞬间从事故变为故事,没那么难面对了。这便是念念见到简欣之前的情况,整个一反反复复实践煎熬出真知的节奏。

3.2 四美数独记

其实念念早就注意到简欣了,这似乎也印证了"女人更关注女人"的说法。相比子珊的精致,念念觉得简欣更有一种天然的大气洒脱。

念念后来跟伊佳说起简欣时,曾评说:"即便是大碗喝酒、大块吃肉时,一眼望去,欣姐仍是超然脱俗范儿。"

伊佳深表认同:"是的呀,她是那种拿大量杯喝咖啡,都能喝出女王范儿的人。"

想了想,认真的伊佳又说:"她不是墨守成规的人,她是引领规则的人。所以,她比较适合做这一行,这点我真的要向她学习。"

念念回想也觉得奇怪,芭比厨房并没有大碗酒大块肉,自己怎么会蹦出那样一句话。伊佳和嫫嫫没来公司时,简欣的确常常来,常常一个人下午就来了,为的是避开办公室内的嘈杂。这时的简欣早已没有了执拗得要撞墙的ID表情，取而代之的是妥妥的气定神闲。她常常独坐一隅，喝着茶，吃着点心，看着案子。常常会一直坐到吃完晚饭才离开，能一直吃着，晚饭还常常要添一碗米饭的。

念念常常看到简欣在思索着什么，灵魂游离着。不过一跟她说话，她立马恢复神清气爽、和颜悦色。神清气爽是本源的，和颜悦色是职业的。念念感到简欣永远有一种心有余力的自在从容，仿佛有着大大留白的写意画，空空的，满满的。而动不动就心力交瘁的念念，平日里也是和颜悦色的。两个和颜悦色的女子交谈时，小纪远远看到，就会说："呵，两个女人在媚式太极，虚虚实实，活色生香。"

实招当然是有的。简欣很快吸引念念动了参加联盟的念头，这才有了后面的合作。于是，三个人的多肉植物小团伙里又加入一棵山地玫瑰。四个姑娘看起来是一群娇嗔时尚姐妹淘，事实上却是一伙能量爆棚的工作狂。这样一伙人，折腾出怎样的魔法版图，似乎都不稀奇。

正像简欣说的那样，念念的学习能力是极强的。念念骨子里跟碧儿一样要强，只是表现方式完全不一样，碧儿的要强是具有攻击性的，念念则更多是暗暗跟自己较劲。之前，她的确常常自己挖个坑将自己摔得灰头土脸甚至直接摔蒙，但是爬出来总能跑得更远。在跟简欣她们合作过程中，听她们碰巧说到经手的这个那个案例，念念常有一种"还可以这样玩"的恍然大悟。很快，念念的全局感便出来了，从混战墙角到城墙俯视的跨度，居然可以用"豁然开朗"四个字秒跨。所以，的确是跟着简欣她们学习速成，不过念念并不只是追随。

简欣是很善于调动客户一起策划方案、执行方案的人，与客户方方面面融合度极高，嫫嫫和伊佳也是协调能力极强的。插一句，这也是简欣当初担心吴戟的原因。跨界的念念融入，不仅能让点子更好地落地，也与她们一起衍生出更多的卫星点子。正如简欣所言，点子是越做越有的。不过，当伊佳把收集意见整理出来的第三稿方案拿给简欣看时，简欣看着感觉像强迫症三维数独一样，每列有客户联盟成员，每行有食物链成员，把资源和平台都用尽了。简欣调侃说："晕，容我换个姿势瞅瞅，我看着怎么有点不适。"

简欣想了想，道："亲爱的，我们可能做成地毯式了，其实我们想要的是魔毯式。联盟的概念的确被咱们用尽了，不过如果场场全员秀，跟报纸杂志格子小广告一样就得不偿失了。联盟秀很必要，不过大客户之间的每款联盟秀最好都有主题故事，必须是互相拔高的作用。虽说这个方案芭比厨房是主角，我们所有点子都围绕着芭比厨房进行，但不能让其他大客户感觉到自己是配角。"

"魔毯式是 whole new world，或者 whole new story[18]，是吗？"伊佳抿嘴笑道，"我们大客户也就俩，我有办法让她们 CP[19] 的。嘿嘿。"

伊佳说有信心的事儿，简欣一般就不再操心了。果然，伊佳再拿出来的第四稿，按她自己的话说，是用了"柔若无骨置入法"，一下子变得清爽怡人。简欣笑道："亲爱的，你都可以去写剧本了，在我这里搞移花接木的勾当真是太可惜了，哈哈。"

"欣姐，我只是打个接骨膏药的，哈哈。"伊佳说，"后面有新东西呢，你看看。"

"哇喔，whole new world？有点意思，不过真像搞个新项目一样，阳帆和念念看过吗？"

"还没呢，不过我觉得通过的可能性大。看起来像搞了个新项目，其实成本不高的，你是钱串，你最懂了。宇博他们是高大上的鱼子酱，小点缀大品位。几乎零投入就鱼子酱了呢，宇博那边应该更容易接受这款 CP 秀项目。"

伊佳的比喻很贴切，相比其他项目的投入，这个项目的 CP 费用真的不算什么，而鱼子酱的感觉很好，看重结果的宇博当然笑纳。不过还是免不了打趣简欣："我们公司又变配角啦？上次是做乳酪的配角。"

"我猜到你会这么说啦，你们都是主角好不好，主角联盟狂刷存在感呢。"末了，简欣忍不住小九九一把，"其实便宜你们了，所以明年你们要多投一点哦，正好可以抢镜当主角，哈哈。"

阳帆看到方案则是另一反应，笑说："喔，这是指挥我呢。"念念调皮笑道："有点诱导的意思啦，哈哈。"

"想法不错。不过我们才开始，摊子太大不好控制，现在我们需要的是一举多得的多功能低成本项目，要与上下产业链高度关联的，相辅相成的。让我想想这个项目是不是这样功能强大。"

说到这些，念念正好迫不及待地将她们这些天捣鼓的过程和成果一一说给阳帆听。如果说三维数独，其实阳帆他们的产品结构就够三维的，所以念念喜滋滋地憧憬着："我觉得不仅是魔毯秀，我们将来会做成魔法版图的。"

最后，念念抓紧时间献宝自己的多肉名"山地玫瑰"，不想被阳帆一票否决了："肉玫瑰还行，贴切，也具备咱家'食物链'特点。"

话虽这么说，看到念念恢复神气活现的样儿，阳帆也很开心。阳帆第一时间与小纪碰头。小纪家里是开小面馆的，他从小就常常在店里帮忙，很熟悉店里店外这一套，似乎这是他遇事不紧不慢的原因。其实不然，他只是一向这样不紧不慢，一双拉丝眼睛假寐着，在店里踱着步走路，仿佛提着鸟笼的少爷。从他家小面馆出来合伙搞芭比厨房，似乎是不甘于随遇而安的，又仿佛他在芭比厨房随遇而安着。不过在阳帆眼里，小纪是靠谱的合伙人，阳帆很听得进他的话。

小纪似乎最爱说些算命先生一样的语言，古早得紧。不过古早味道的他是有一个很现代的女朋友的，这在下节会讲到。

小纪先看过方案的,他表示很感兴趣,阳帆要做,他愿意跟进。

阳帆说出自己的顾虑:"我的第一反应还是很好的。可总觉得她们几个是穿着比基尼在沙滩上走来走去还好,花枝招展,风情万种,真下海游泳就不行了。所以本能地警醒自己。"

"你没在她们面前提这事儿吧,她们会狠狠批斗你这大男子主义的。"

"哪敢呀,我隐藏得很好的。昨天我只装腔拿调地先稳住念念,她兴奋的时候是看不出我蛛丝马迹的。"

3.3 双生花

虽说芭比厨房新项目还没有完全定下来,但是已定下来的部分都要着手启动了。给食物拍微视频,Tonny 推荐了 Penny[20]。之前 Penny 是来拍过广告片的,只不过上次给电视台拍,这次给微推广拍。

简欣去机场接 Penny 时,嬷嬷死活跟了去,道:"去看看另一棵钱串。"

简欣笑:"也就你想得多,Penny 倒真有钱串的意思。""我后天就去德国了,一周时间,不知你们会怎样。"

"能怎么样?"简欣无可奈何地说,看起来是对嬷嬷无可奈何,其实是自己心里有点小担忧。她看过 Penny 拍的广告片,其实很不错,只不过如云驹所言,产品受众领悟到什么程度是一个考量。她不知道 Penny 能不能放下艺术家的架子,配合她拍些商业意向为主的东西,毕竟生活食物链上的产品都不是奢侈品，贴切贴心更重要。如果不是碍于 Tonny 的面子，她是不会舍近求远找 Penny 的。

所幸见到 Penny 后，她的顾虑打消了。Penny 身着白衬衣浅咖色长裤配一条略显粗犷的宽皮带，很是卡萨布兰卡风，倒像一个国家地理之类媒体的清流摄影师；说起话来则敏捷清晰，商业时尚范儿十足，又真像是另一个游刃有余的钱串经理人。一问果然不是学摄影出身的，她是学工业设计的，也干过PR，最终做了编导，也做主持人。摄影师另有其人。她们在一家大媒体属下的旅游栏目工作，主要就是做一些旅游美食的视频纪录片，所以 Tonny 会推荐她来拍。

"Tonny 现在对我们说话很省句子，他的话都在伊佳那里去了。"简欣感慨道。

"说明他知道我们会沟通得很好的。"Penny 笑道。

她这么一说，简欣倒也想到，Tonny 虽然腼腆，却很知轻重。"你们俩真的好配的，双生花一样。"嬷嬷终于挤出了一句。

简欣侧过脸，朝她坏笑，仿佛要看穿她一样。Penny 终于弄明白简欣的小尾巴来做什么了，调侃道："你从德国回来，我还在，你要的答案就出来了。"

"我会看面相，你这样的，能把我们都牢牢团结在你周围。"简欣左边安抚嬷嬷，然后右边跟 Penny 解释说，"她只是作，其实一去德国就把我们忘了。"

"人家是关心你嘛。"嬷嬷娇娇道，在简欣肩头蹭蹭，不再辩驳。

所谓各花入各眼，真是这样的。秦姐就表达了全然不同看法："一个凤眼，一个大眼，我就看不出哪里双生花了。"

不出所料，按这间公司的传统，Penny 的工作还没有开始，八卦已经围炉热烤了，一直热热闹闹持续着。所幸在简欣严管下已没有她初到时那种尖酸刻薄了，大家只是一边工作一边八卦，不亦乐乎。简欣担心 Penny 不能适应，心想还好 Penny 基本不在公司办公室工作。

Penny 拍完农场、加工厂部分回来，终于听说。她大笑道："有什么适应不适应的呀。无八卦不生存，我们这一行不就是八卦着生存下来的嘛。"

简欣望着她，抿一口咖啡说："好吧，是有点双生花的意思。那么……"

"那么我究竟蕾不蕾丝边[21]，是吗？你担心我会爱上你是吗？我不会爱上你的，我爱男人，哈哈。"

"我我我，没有那么自恋，不过我也爱男人，哈哈。"简欣赶紧举手辩白。说到"爱男人"三个字，她心里竟闪过一个人，猝不及防。

Penny 没有注意简欣的表情，节奏继续道："我倒是有担心我姐姐子珊的事。那天念念差点把我当成子珊了。我的中文名字是子珮。你跟我双生花一样的风格，子珊跟我双生花一样的脸，所以……"

Penny 这才发现简欣在走神,说:"咦,你不知道吗?我还说让客户亲戚惹上八卦总归不好,憋了那么久,结果还是我自己第一个爆料是嘛,晕。"

简欣立马切换回来说:"有听说一点,世界真是小。"那天,Penny 和念念站在二楼隔着玻璃看整个净菜车间。

念念指给她看那个差点成为她姐夫的男人,问:"你觉得跟子珊两个合适吗?"

Penny 摇摇头,她摇头的本意是"看不清楚",因为大家进车间都穿着消毒衣、戴着消毒帽的。不过她很快真的摇头觉得不合适了,哪怕隔着消毒衣也觉得不适合。Penny 倒是对陆辉印象不差,只是真与子珊两类人。惹得实打实摸爬滚打出来的一个江湖男人乱了阵脚,这也就子珊能做得到。

Penny 感慨道:"最知柴米油盐的与最不知柴米油盐的,最终过不到一起也算正常,各种原因都只是引子。"

"不过子珊是很有男人缘的,我只有工作缘,哈哈。"Penny 免不了又维护着子珊,末了,看了一眼简欣,道,"你不用假慈悲的表情看着我,事实上是有工作缘并不是不如有男人缘。也许被什么人爱上往往没有爱上什么人那么清醒,所以她常常沦陷于情感问题。这一起也不例外。毕竟两个人爱不爱,取决于互相认可互相吸引的因素;而能不能在一起,常常更取决于不能接受的底线因素。不能享受着被爱,失去自我。"

"念念也说,他们本来就不合适。"

"我也看到三个大字'不合适',不过仙子一样的子珊在俗世里是孩童,她没有分辨能力。向往着她的温柔湾是很多的,看有没有运气这次选到最合适她的。"

"这次?"

"是的,也是绝对把她当仙女的男人。都是真心爱她,但也需要她自己去分辨和选择,她却不是这样。"

原来,子珊从小因患先天性心脏病一直休学在家,虽说是姐姐,却是被妹妹关照的病公主,当然更是被父母娇惯宠爱的焦点。本来就没有与学校同学交流的机会,她怕受累,连跟妹妹和小伙伴们游戏的机会也没有。只让她在那间有阳光的阁楼上画画。她这样不谙世事地长大,像蜜罐里的孤儿一样长大。直到历年几次手术恢复后,她也只是在一间美院不谙世事地旁听,并没有压力。

子珊是那所学校里公认的女神,被很多人追求,却被邻校经贸学院外号"二师兄"者拿下。传说是采用了古籍策略角逐成功,弄得不甘心、意难平的美院追求者们齐齐去翻《孙子兵法》《墨子》,结果被这位二师兄的室友一句"动物地盘法则"拆穿。原来并没有很高大上,而是原始粗暴接地气。外表高冷实则不谙世事的子珊其实对谁都友善,并没有分别。二师兄则仗着自己与子珊家世交关系,处处隐晦地向世人暗示,子珊定情于他,等于子珊周围方圆五英里都被画了地盘。华裔的圈子也就这么大,渐渐地,子珊周围的护花使者就剩二师兄了。

这法则也就只对不谙世事的子珊有效，换个女孩，这所谓法则即刻变废纸。现在的子珊，不过是第三次重蹈覆辙，再次落入温柔湾。

简欣不知怎么接话，想了想说："也许她的幸福感应与我们不同吧，我们比较固执要全画幅[22]感应才可以，也许她觉得四分之一画幅就可以牵手跟了去，未免不是一种快意人生。我们可能太主观了。"

"知道你会这么礼貌说辞的。如果她真幸福了，我还有什么担心的呢？唉。"

"不完全是礼貌呢，亲爱的。技巧也很重要，视角也重要，立意主题也重要，创意经营也很重要。"简欣讲着讲着自己先笑了，自省道，"唉，一讲又讲成了可行性报告。"

"你说得那么好听，你要什么画幅？"

"这个，这个，我还是全画幅吧，全画幅感应磁力比较强。"简欣吐了下舌头做个尬表情道，"我本来想说没有全画幅感应心灵相通，人生会了无生趣的，怕你又拿我前面的话反驳我。我们都放轻松一点吧，各凹各的姿势，所谓心灵相通、琴瑟合鸣的全画幅未必不需要经营，不定谁的幸福指数高呢。哈哈。"

"你总是把话圆得很好，但愿如此。"

"你知道吗？你今天跟平时不一样，倒不像姐姐的特立独行妹妹，倒像是女儿的苦口婆心妈妈。"

Penny赶紧拿出手机照镜子，先狐疑后顿悟道："我的范儿不在了吗？所谓一动真情就跌范儿，切记切记。"

两人大笑。此时两人各怀心事，不同的是，Penny一味地诉说，简欣却一味地走神。后面的走神，都在反省着第一次走神，刚刚怎么会想到他呢？

有心事的不仅她俩，还逗留在产业基地的念念也时不时小焦虑。关于Penny和子珊的种种，念念早早就倒豆子似的全数告诉阳帆了。因为并没有失控情况出现，阳帆认为大可不必放在心上。

阳帆道："爱一个人其实是爱上另一个自己，所以你担心的事不会再发生就对了。"

"有吗？我觉得你也不像我，我也不像你。"

"你认可的，其实都是你骨子里一直在的。"

"那么，我们也像双生花一样。"念念很开心，揽住阳帆的脖子，用手机自拍双生花纪念照，美滋滋道，"你开始那么一说，我还以为就伊佳和Tonny般配呢。"

他俩讨论时，正打着照明灯从一间大棚出来，车子从漆黑的田埂走回小公路上。一路上念念幻想自己在外星球，直叨叨："我们刚刚从塑料薄膜的太空舱出来，有没有，有没有？"

"你想好咱们在哪个星球了吗？"

念念一时想不出哪个星球比较好，只好说："哪个星球比较宜居呀？"

"呵，敢情现在到外星球串个门比出国还方便。"

"出国也还方便吧，明天嫫嫫就回来了。她说好给我带吃的呢。"

嫫嫫如期回国，不过回来的不是一个人，还有相片上的女孩，小纪的二纪。二纪也姓纪，是小纪的大学同学，一个没心没肺的爱笑丫头，被小纪调侃为"二纪"。不过一起申报去德国读研，二纪通过了，小纪没被录取。小纪便灰溜溜给她加了个名号为"德国大使"。二纪跟念念一样，也是个富养长大的女孩儿，比念念还要顺风顺水地一路成长，胸无大志，不过实现各种"小志"得心应手。仿佛在山峰遍览风景，却只愿在山脚下市井小巷一间质朴小面馆，吃一碗小纪小面，吃成 VIP[23]，真打算吃他一辈子。

二纪本来托嫫嫫给小纪带了不少乳酪，每款仔仔细细地标出名称、口感、搭配和用途，密密麻麻，嫫嫫直呼穿越，说："我还以为看到的是伊佳呢，是不是认真的女孩都有点二呀，你原来是这样的二纪呀。"

后来看到有打折机票，二纪就忍不住临时决定自己回来一趟。显然短短旅程中嫫嫫的群众力和二纪的"二"力碰撞出了火花，两个姑娘热络到无话不谈。下飞机时，没心没肺的二纪已再次对芭比厨房及其周边关系有了深刻了解。之所以说再次，因为之前有过小纪角度的深刻了解。

因为二纪的关系，嫫嫫跟小纪也不生分，见面首先提要点:"你的二纪又漂亮又学霸,你就不怕被我们杰铭这样的拐走了?"

小纪笑说:"那是你的担心,我没有担心,她当然会回到我这里,你也看到了,妥妥的。"

"谁说我担心啦,我也控制得妥妥的。"

"好吧,那我是被控制得妥妥的。"小纪早古语调说出来,极富色彩。

"看你明明散养着呀。"

"不是,你是大张旗鼓地控制,二纪呀,她是不动声色地控制。"小纪继续早古语调,惹得两个姑娘笑得不行。

"有控制这件事吗?不是说咱俩也双生花吗?哈哈。"二纪活学活用新词汇,一脸无辜状。

不过二纪也会有心事,她一直担心小纪是个被动的合作者,之前她听嬷嬷说芭比厨房的事就超上心。临回德国前二纪还在试探,表情当然还是没心没肺:"如果你要另起炉灶,当小白鼠,可能实验不成功,我也没有意见。"

小纪道:"另起炉灶也要找一班合作伙伴,也要当实验室小白鼠,我们现在不正好有一班合作伙伴,不正当着实验室小白鼠吗?"

"你几年前侃侃而谈的规划好像不是这样的哦,啊——我知道啦,那时我家小纪说大话是嘛。"二纪故意激他。

"二纪呀,说你二吧你又不信,与阳帆合作投缘是真的,不过你真当你家小纪跟阳帆双生花士为知己者死呀。"小纪差点写保证书了,他笑道,"你拿个放大镜去窥一斑,当然看不到全貌啦。发挥空间大啦,芭比厨房只是看起来是从属于食物链,你认为有局限就真有局限,你认为没有局限就真没有。另起炉灶也是如此。"

"明白了。你觉得好,那我也觉得好。"二纪本来就很少担心过啥,她想想也觉得即使有啥也没啥,这个问题就此轻描淡写地放过了。

之后某次简欣跟外星君感慨道:"没想到古灵精怪的嫫嫫这么没有安全感。"

却见外星君说:"你那个嫫嫫只是善于表达而已,你也很善于表达呀。"

"我!我吗?我再会表达也比不过你那个童云驹呀。"简欣嘴里叫着屈,心里却想,一周没有见着云驹了,不知下周芭比厨房的活动他来不来得了。

3.4 芭比厨房的魔法版图

作为芭比厨房推广活动的重要项目,芭比厨房"魔法赛道美食节"如期开幕。这其实是食物链一体化推广活动,每季举办一期,每期会把微点餐上高分好评菜品拿出来进行模仿秀表演比赛。根据情况还会增加参观农场、试吃新品等活动项目,以后将会演变为芭比农场体验餐厅。

这期算开业热身节,念念他们请了真正的厨师来表演秀,这些厨师来自好几个餐厅,芭比农场几个月前就已开始给他们餐厅提供机器洗净、切好的五公斤装大包半成品净菜,联盟表演秀机会也算是给客户们的一个福利。

Penny也来了,还是做宣传图片和视频,以后要在芭比厨房不间断播放的,还要放在微营销平台上。宇博带着蕴华和女儿一家三口都来了,称想借鉴这种多维营销模式用到他们汽车品牌上。话说得很正式,谁知不多久,他们全家直接玩嗨了。

或者说，这次来参加活动没有工作也没有下属，宇博一家玩兴大发，任性开启了全程二次元模式。首先是女儿诺诺发难，询问为什么豌豆苗上不长苹果，只因为她很爱吃苹果。

宇博赶紧拿出手机搜索，现学现卖，直接念给诺诺听，豌豆苗都有什么营养，苹果又有什么营养。

蕴华听着觉得不对："怎么始终没在回答问题呢。"

"诺诺妈，我在给诺诺科普呢。"

"科普是对的，可是题面是什么，答题要有逻辑，不然大人跑题，小孩子也会跟着跑题，你要小孩子一路跑题下去云里雾里吗？"蕴华说话一向是和风细雨模式，语气节奏却透着不怒而威的气场。

"这个问题没法回答呀，你说你怎么回答吧，诺妈。"宇博突然憨厚得紧。

"很简单呀，不同物种嘛，当然有不同果实。"蕴华答得干脆利落。

嫫嫫见了，悄悄跟简欣说："怪不得宇博在外话那么多呢，原来在家没有讲话余地。哈哈。你也要多注意哦，当领导当成惯性，一不小心各种雷厉风行，男人们不喜欢的哦，哈哈。"

"谁说的，我温柔可人着呢。"简欣一边反驳着，一边下意识地把站姿调整成妩媚法式。

她俩正黏在一起悄悄话，以为局势已定时，却听到宇博不服上诉："这么简单粗暴呀，所以还是我念手机比较有建设性。"

简欣眼见着他们一家子胶着起来了,她赶紧凑上前去拉着诺诺说了几句悄悄话,于是只见诺诺蹦蹦跳跳跑到地里,双手托着脸蛋说:"苹果长出来了,我就是红苹果。"

于是宇博两口子一下子把逻辑呀、科普呀、建设性呀……抛于九霄云外,两个齐齐夸道:"还是我们诺诺聪明。"

嬷嬷与简欣肩头蹭蹭,耳语道:"原来意见是这样统一的,高知分子的理智也就这样,唉。"

简欣笑道:"理智满格多没意思呀,这是公差范围内的,是科学的。"

以为宇博一家就此消停了,结果不然。参观完有机农场,伊佳他们领着大家回临时餐厅,大家热热闹闹地观看、拍照,然后都往厨师表演秀展示台去了,而宇博一家又掉队了。简欣折返回去找他们时,这一家正把芭比厨房魔法赛道用即时贴贴了个遍。

简欣看了哭笑不得:"怎么突变成你家专属数独图了呢,还好念念没有看到,晕。"

宇博振振有词说:"我们发现你们这图很有意思,每个人都可以找到自己的玩法,我们家玩到未来去了,我们家未来被诺诺霸屏了。你看这魔法小赛道,简直就是我家诺诺的成长线路。我们要给诺诺统筹安排科学配菜,加工食材和新鲜食材的投放时间精准得非常有道理。所以我们因地制宜,赶紧给诺诺讲解，我们得让诺诺从小就知道这么个成长蓝图，争取每一段赛程都跑出好成绩。"

"你都听懂了吗？你爸妈给描绘的美好蓝图是不是超酷呀？"简欣问诺诺，见诺诺一脸无辜，又问，"你觉得这个图是什么？"

"烤串，烤豆腐干。"诺诺逆反心理十足。

一块即时贴"豆腐干"闻声悠悠然飘落，大家静默15秒看着"豆腐干"落地，不约而同地大笑。

说到教育，简欣想到，云驹待会儿来，不知能否给到宇博一点建议。宇博和蕴华仅仅是游戏玩嗨了，还是两个事业狂基因突变成生猛儿女狂？不得而知。云驹开始说可能来不了的，最后赶来时活动差不多尾声了。简欣去路口接应，见到云驹，两个都一团欢喜。她带他往回走，很快也到了这间不等边U形半封闭餐厅的U长边。这间餐厅虽说是临时的，却很雅致，说是花园酒店餐厅吧，玻璃墙外的田园山峦给足了返璞归真的质朴画风。这是念念执意要求的不露痕迹、轻描淡写的精致，与芭比厨房风格一致。没有很多人簇拥在这里时，尤其是没有宇博一家二次元游戏时，念念的用心显得尤为突出。玻璃墙的末端是块屏风一样的大玻璃，上面有魔法小赛道，玻璃墙的腰线是长长的赛道，一直顺着拼接玻璃墙延伸到餐厅表演秀展示台。

云驹说："这个迷宫赛道看起来很嗨，如果我的学生们来玩他们肯定很开心，会有各种奇思妙想。"

"哈哈，的确每个人都有不同想象。不是迷宫赛道呢，这是芭比厨房专属魔法小赛道，连接着芭比农场、加工厂、超市、餐厅、餐桌等支支脉脉的食物链，形成魔法小赛道。你看这一个个小路牌标识，就知道这是芭比厨房专属赛道，也是芭比食物链的魔法版图。"简欣介绍着，想到刚刚这里还贴满了诺诺小朋友的未来，不禁莞尔。

她接着说道："腰线上的大赛道是有年轮的，我们把芭比厨房的前身——阳帆家百年老店也算进来，就跟这个F车品牌有时间历程上的共同之处，在一些时间点上能看到两个老品牌分别在做什么，蛮有意思的。"

"我觉得我们学校现在的工作倒是有魔法小赛道的特点，方方面面传统路线，支支脉脉创新思维，相辅相成，也互相作用。我甚至觉得我们的小赛道更为立体，教书育人真的是全方位的，我们不打算昧着良心只应试，所以恨不得把每个维度都顾及到，感觉责任很重。"

"倒是真有共通之处，不过谁的责任都没有你们重，事关未来。刚刚宇博一家就在这里贴了满屏的诺诺未来，不过他们只管诺诺成长，你们却要管那么多学生的成长，要操心预设学生发放到社会后所产生的种种可能。"

简欣感觉话题又要被一步步带进黑洞，就赶紧蘸酱调味说道："看你随时精力旺盛充满能量的样子，还以为你这校长当得很轻松呢，我甚至以为你们有秘密武器智能教育机呢。"

"什么智能教育机？"

"就是那种电话亭一样，每天孩子放进去喷淋一小时，啥知识都有了那种，哈哈。"

云驹摊手自嘲道："哈，好高端。我倒是有想过像自动传送带那样的，不断给孩子们输送知识，甚至想到菜单式订制输送。只知道你武功比我高，没想到你暗器也比我厉害。"

简欣笑盈盈道出大实话："这个这个，还是童校长的自带小宇宙比较厉害，哈哈。"

简欣想起什么，又说："对了，之前很多人在对应自己情况的赛道路段自拍留念，因为活动一结束，这一块一块拼装的玻璃墙要收起来，这间半封闭临时餐厅也要被收起来。要不你也选选有纪念意义的点吧，我给你拍照留念。"

这时简欣的手机响了，嫘嫘电话："宇博一家又意见不统一开始胶着了。欣姐快来，只有你能平定他们家的'内乱'。"

听起来事态严重的样子，简欣没多想，让云驹先自己看会儿，自己往展示台赶。这时参观农场、模仿秀比赛已结束，只有之前表演的厨师们指导学手艺的美食达人们继续嗨。宇博一家又怎么了呢，简欣正纳闷呢，正撞见宇博抱着女儿出来。看到简欣，宇博赶紧上来套近乎，让女儿把手里烤串给简欣吃，说："你尝尝怎么样。你千万要说恰到好处，跟大厨一样呀。我现在有诺诺的支持票，可我女儿是个两面派，见到她妈就会一股脑儿倒戈……"

诺诺却毫不留情地说:"刚刚爸爸说简姐姐也是两面派。"

"晕啊,原来诺诺和姐姐都是双面呢。"简欣想到给宇博家当裁判居然得了这个称号,忍俊不禁。

诺诺不明就里很乐意这称谓,很开心,赶紧拿起左手小盘子托着的烤串送到简欣嘴边,一定让简欣尝。简欣尝了一口,笑坏了:"你确定这个是烤串,确定不是辣条吗?"

没想到宇博非常高兴,说:"哈,这是蕴华做的。她输啦,我可以一个月不洗碗啦。"

简欣哭笑不得:"一个堂堂大老总,就这么个志向,还以为你要侃侃大国小鲜啥呢,晕。"

正说笑着,简欣余光掠到了远处云驹的表情,目光对上时,两个都怔了怔,然后云驹扭头就走了。简欣赶紧追了过去,经过一丛挡住视线的树木,发现云驹已经坐车上了。这时天已经蒙蒙暗了,简欣看不见车子里云驹的脸,她跑过去敲他的车窗玻璃。云驹降下车窗玻璃,面无表情地说:"我不知道这样辛苦赶来值不值。我先走了,再见。"

简欣急了,伸手拉车门,拉不开,就用脚踢车轮,气急败坏道:"童云驹,你给我下来!你个精算师!跟我算值不值!"

云驹见状赶紧下车,束手就擒,道:"淑女一点,淑女一点呀,简欣。"

简欣听到话时，双手已经揪住了云驹的西服领子。她这才意识到自己失态，笑了，她也不松手，干脆耍赖跩跩地扬起下巴凑近云驹的脸，酷酷地说："告诉你什么是淑女，抵挡得了进攻，阻止得了撤退，才是淑女。"

眼睛对视，两人不禁定格了半分钟，云驹顺势吻住她。简欣猝不及防，却并不组织抵挡进攻。末了，云驹看着简欣眼睛说："所以，我们都不要抵挡也都不要撤退，好不好？"

简欣狡黠地眨巴眼睛，无辜腔调："我什么时候抵挡你啦，外星君。我看还是赶紧介绍烤串一家给你认识吧，免得你又要精算，哈哈。"

"简欣，我我我，不是有意瞒你，开始只是朋友邀约来借鉴下活动策划的，没有打算认识谁，后来，后来没机会解释……"云驹突然有点结巴。

"我明白。"简欣说得很是善解人意，眼里却满是耐人寻味的笑意。

云驹正要说什么，却见远处宇博一家朝着这边走过来，三个齐齐拍手唱儿歌，齐齐钟摆脑袋一副浮夸表情。简欣只好拉着云驹迎着宇博一家的笑脸往回走，心里估算着刚刚宇博一家视线所及，与云驹两个都窘窘地笑。给云驹介绍完宇博一家，寒暄说话，简欣和云驹都有点不在状态。所幸时候不早，宇博一家告辞开车回市区了，简欣这才有如释重负的感觉。

拉着云驹返回，却发现伊佳在赛道前发呆。伊佳和嬷嬷一直轮流着做主持人和引导工作，她的部分终于忙完了。Tonny这次没能来，伊佳特地拍些图发给Tonny看。简欣见状，感慨道："你这丫头忙起来时，我一点不担心你，就不能看你闲下来，一副楚楚可怜的孤单样子。"

伊佳笑了："欣姐，不能看表象呢。其实我跟你一样的，不在人群时，自在充实着呢。"

"Tonny没有来，还是有点小失落吧。"

"好吧，有一点。"伊佳实诚地回答，"没的炫耀了呗，做出了自认为满意的时间表，本来想嘚瑟下的，结果Tonny不在我的时间表，唉。"

"我们伊佳总算不再一味谦虚了，你平时太乖了，乖得不接地气，说明Tonny对你有好的影响，哈哈。"

"欣姐，客观和自省都是本能呢。我不多说了，我不当电灯泡打乱欣姐的时间表。"伊佳一边辩解一边没忘她本能的乖。

当然不是所有人跟伊佳一样乖，并且活动到了尾声，大家八卦力和八卦心一样足，当不成电灯泡，大家便像小蜜蜂一样在简欣和童云驹周围盘旋。

嫫嫫是最活跃的一只小蜜蜂，先从简欣面前滑翔飘过，极小声音道："听农场大姐说欣姐花拳绣腿甚是温柔可人……"

简欣佯怒瞪她一眼，嫫嫫佯装气流颠簸落荒而逃，却被另一只小蜜蜂Penny一把抓住，问："你故意打电话唤回简欣的吗？"

"哪有，我这么爱她，怎么可能阻拦她幸福。上次在学校，我就已特地放他俩一马了。欣姐找什么样的人，我们大家看得顺眼，就算过关了。"

"如果不顺眼呢。"

"不顺眼就给纠正过来呗。"

一旁云驹听到，惊吓状，笑着悄悄问简欣："是真的吗？"

"是真的，我控制人，伊佳控制事，欣姐控制全局。"嫫嫫突变顺风耳兼抢答器。

3.5
蜜桃格林与黑暗料理

听上去嬷嬷只是想向云驹宣告主权,不过的确,"蜜桃格林"嬷嬷一向是得心应手的群众工作者,Penny还没有离开,就又验证一次。事情不大不小,按嬷嬷的话,这是一起小碰瓷。

当时宇博不在,下属拿到以为是常规报道反馈,没想到打开看居然是恶意报道,直接转到简欣这里来了。嬷嬷看了,笑道:"碰瓷来了。"

伊佳看了很生气,道:"简直是怀揣强盗逻辑上门讨价还价。"

虽然她们没想到,事情却并不突然,这家媒体上次试驾活动时就要挟过,她们没有在意。没有在意的原因是,这家媒体没啥影响力,不太可能无厘头剑走偏锋。按嬷嬷的话说,他们手里啥牌我们很清楚,他们本来可以打这样那样的牌,结果他们还是不按牌理出牌了,死活端一锅黑暗料理出来。

简欣笑笑说："这种事也算常态，我以前就遇到过。嫫嫫正好有用武之地，哈哈。"

"欣姐，我一般适合处理愉快的事情好不好。"嫫嫫娇娇道。

"处理愉快的事儿不算本事，有本事把不愉快的处理得愉快，这个这个，你不是说你那两把刷子好使嘛。"简欣笑着激她。

"黑暗料理刷不白的，不过我还是材料分析师，可以一样一样还原食材，找出怪味源头，哈哈。"嫫嫫想了想，又说，"我刚刚已经找到其中一种了，是我们自己逻辑错误，以为小媒体为了生存会更规矩，其实小媒体没有什么读者流量支撑，为了生存可能会更投机取巧。"

准备就绪，嫫嫫很快约见那位媒体记者豆沙卷，此人因豆沙卷发型得此绰号。嫫嫫道："你知道我为什么约你见面吗？"

没想到平时痞子模样的豆沙卷，突然一抹脸变成正气凛然的模样，说："我们这个栏目就是为消费者讨说法的，我之前说过，我也帮他们压了很久了，这次实在压不了了。"

嫫嫫笑道："压那么久，也不记得去现场看看。据我所知，你们这个栏目自始至终一次也没去过投诉人城市看实物。"

"我们有现场图片，有图有真相。"这豆沙卷开始混淆视听。

"图片也是车主单方面发给你们的，可以说是来源不明。"嫫嫫没好气地说。

"我们,我们公司经费紧张,没有办法——去跑……"豆沙卷这才把一脸正气抹下来,搁兜里了。一瓣豆沙卷发也耷拉下来,作花伦同学状。

"所以就随便捏造是嘛,你们为什么不直接写小说呢,做什么专业车媒呀,你说是不是?"嫫嫫一副恨铁不成钢的样子。

正说到专业,见伊佳在玻璃门外向她示意,嫫嫫看了看电脑,原来伊佳听她说有些变速器技术问题没看明白,就找了个图解发给她了。嫫嫫心想,真是个乖伊佳,不过我都不用谈到技术,就找到问题了,不是专业技术问题,是专业操守问题。如果换成简欣或伊佳来处理这事儿,可能早早预设立场是非分明,不过嫫嫫不同,她的默认值是不设立场。

这也许跟她从小在一个复杂家庭环境中成长有关,她小学三年级之前与简欣和伊佳一样,家庭关系很简单温暖,三年级时长期在外出差的父亲突然带回了两个弟弟妹妹,家里一下子就鸡犬不宁了。本来上中学住校的哥哥每周末要回家,也变成整学期不回家了。

有次父母亲吵架时,原本与她有芥蒂的两个弟弟妹妹跑过来,分别抱着她的两条大腿,簌簌发抖。突然间,她对很多事有了不同的看法,意识到自己才是家里最好的调和剂,她得担当起和稀泥的责任,她不能像哥哥那样逃开就算了。

她也真的做到了。两个弟弟妹妹依赖她,只听她的话。她母亲要找她哭诉，拉她同盟。她父亲跟她说心里话，找她讨主意。虽说弟弟妹妹出现后不到一个月所有的家庭议题都议完了，可后面很多年家里仍如同定时炸弹，随时会由任何一个小导火索拉爆。那时她家还没有用叫壶烧开水，她常常连爸妈谈论厨房开水开没开都要和稀泥，撒娇道："一半开了一半没开呢，所以你俩都对呢。"

不是不知道"一半开一半没开"就是没开，她只是和着稀泥，撒着娇，控制着全家的节奏，慢慢地，成了习惯。她不觉得要控制什么，别人也不觉得被控制。嫫嫫就一直这样，好像妙手美厨娘，手上有些什么食材，都能因地制宜做出美味，所以嫫嫫的成长岁月并没有什么不开心。

后来回头看，她自嘲道："我九岁就当居委会大妈了。"

当然，大家应该没有见过这样娇俏撒娇的居委会大妈，她这最多算居委会小幺妹儿。嫫嫫自嘲完也忘了这称谓了，并没有真把自己跟居委会联系在一起。可是居委会基因却一直潜伏着，常常会飘出来，混在甜甜酸酸嫫式语句里，比如现在这个桥段。

"这边已经决定起诉你们，我也是一压再压，暂时压着了。你看嘛，就是想到你们好歹是本地的，我们以前也合作过很多试驾活动，你们让我们怎么办嘛，我们去检讨我们选错媒体了吗？"嫫嫫一副小幺妹儿保小表舅的架势，并不以"人民的名义"谴责他，却根本不容豆沙卷不跟着她的思路走。

123

"你们十几二十人要吃饭，别个车企好几万人要吃饭哪。如果真实报道也就算了，弄虚作假弄掉别个几万人的饭碗，你自己这样一想是不是也后怕呀。"嬷嬷仍是一副恨铁不成钢的小幺妹儿模样。

"现在 N 车企要联名起诉你们，我们还没有表态呢。"嬷嬷又说，"你赶紧做纠正报道吧。我们带你去交管所看事故记录，去 4S 店看维修记录，你们做期实地真相报道吧。然后再做一期变速器厂报道，要不再做一期自动化总装线报道。这样我们好向企业要求保留你们的媒体合作关系。"

豆沙卷嘟囔着想说点什么，嬷嬷道："哎哟喂，你们还想要哪样，我们已经想尽办法帮你们解决了。你看嘛，家家媒体都在不断提升改善，为守一个细分，自保。你看嘛，你们哪个细分都没有守到。吃不到全国大市场，你们可以守西南呀，你们西南的数据也不好。对我们来说不需要你多高大上，守得到二三级城市也作数，你看要求好低嘛。我们也想方设法想帮你推荐到年度计划上去，但是你们姿态高又高不上去，低又低不下来，你看嘛，我们好为难嘛。"

豆沙卷还想说点什么，嬷嬷道："就这样定了嘛，你们还没有能力发声讲态度，也没有道行功力指点江山，就先平心静气当平台嘛，等慢慢积累，你们功力提高了再说嘛。你最好今天回去就把三期十二版定下来，我们没有时间等的呢。"

这时，嬷嬷又看到简欣在门外张望了下。嬷嬷心里暗自调侃道，当了回黑暗料理回锅主厨，看简小二伊小二殷勤地给我送食材真是爽啊。却看见简欣比了个时间手势。她又自嘲道，好吧，只是催工时了。嫫嫫回了个 OK 手势，交涉完就去简欣办公室了，进门就娇娇道："哎哟喂，好不容易当回主厨，做个回锅黑暗料理，你们这些小二不好好当，还催催催。"

伊佳笑着打击她道："主厨欣姐在这里坐着呢，那碟是小菜，所以让你去回锅料理哒。"

简欣也被嫫嫫的主厨愿景笑坏了，道："我常常让你当主厨的好不好，我巴不得你们个个当主厨独当一面，可现在有个当了主厨的整出些黑暗料理，吃不消了。"

"谁说的，我给这个黑暗料理加了不少调料的，拨乱反正营养可口的，欣姐你会吃不消吗？"

"不是说你，可能是真黑暗，吴戬。"伊佳解释道，"我们想问问你呢，你不是管人嘛，人员情况当数你最熟悉了。"

原来有合作的工作室跟简欣说，他们装修队的合同款一直没有到账，简欣清楚记得自己早就签过这笔账了。小屯正好不在，打电话给她，她第一反应是说："欣姐，我保证没有问题，早付过去了。"

反应得太快，简欣感觉是有什么了。因为车展展厅布置常常像建个实物摄影棚一样，工程量比较大，而为了节约成本，简欣他们一般跟一间小装修工作室合作，常常需要直接与包工头结算工人费用，简欣估计要有问题也就是这个，并且问题应该是被控制住了。她追问一句:"你记不记得几号转账的,还是付的现金支票?"

小屯迟疑了下,说:"欣姐,肯定没有问题,我很快就回到办公室了,我当面跟您说。"

想到吴戟正在外地出差,简欣便先问问伊佳和嫫嫫,伊佳并不知情,所以问到嫫嫫。嫫嫫一听笑了,说:"我当然知道这个事啦,小屯说得没有错,确实没有问题,因为问题已经被小屯制止了。"

原来吴戟拿着工作室的发票直接报销到自己账上了,并不是有心要这样做,就是钱拿到手,捂了很久不肯返出来。可能有心想挪用一下,在股池里捞一把,再返给包工头。天天看股票,还没有"下叉",就被好奇宝宝小屯一问二问问出了破绽。公司办公室都不太隔音,吴戟和小屯悄声争执,很快被悄声传播,嫫嫫手上那么多线人当然也很快知道了,因觉得无大碍,所以没有刻意向简欣汇报。正说着,小屯赶回来了,也说问过了,是包工头后来拿到钱款没有及时反馈给工作室而已。

简欣说:"这件事我已经清楚,知道是没事。不过有了第一次就可能有第二次,我不得不想到。"

小屯道:"这件事没有发生,以后也不会发生。你这么说分明是戴有色眼镜看我们,虽然我们不像你们那样高大上地工作生活,但是我们也是有底线、有信仰的。你们搞设计搞策略,我们一钉一铆地执行,你们私房菜舫山珍海味,我们大排档啤酒小龙虾，无论工作努力和生活乐趣一点不比你们少。"

伊佳一头雾水道："小屯，我明明好几次看你和吴戟也在芭比厨房吃饭来着。"

嫫嫫"噔"一下与小屯站在了一起："是的，你们吃鱼翅我们吃粉丝，我们好着呢，走走我们不要理她们。"

小屯被逗笑了，也意识自己"为赋新词"的 bug[24]，顺水推舟被嫫嫫拉着出门，到门口还回头重申道："欣姐，你放心吧，真的不会再有事。"

嫫嫫也娇娇道："欣姐，我们公司个个都好样的，你放心吧，哈哈。"

简欣和伊佳啼笑皆非，伊佳感慨道："我中学时期也喜欢这样郑重其事地表达，每个人都希望被重视、被认可，大家互相理解吧。不过，愉快工作生活的方式真的可以有很多种，她这话说得倒是很对。"

简欣笑道："好吧，这事了结了。希望别人眼里的自己是有底线有担当的人，这个心理期许肯定是给信任值加分的。"

简欣没有想到小屯看似不起眼的存在，居然也是怀揣着振振有词的逻辑的，仿佛积蓄了很久，就是要表达一下，不为吴戟，为她自己。经过一番辛苦拨乱反正，公司气氛看起来还算和谐融洽，会让人认为，大家至少有很大一块三观共同区吧，不过显然小屯还是你们、我们分的清楚得紧。简欣想到这，又哑然失笑。随即反省自己是不是平日里忽略他们了，其实世界上每个人都敏感，无一例外，有没有被在意，有没有被认可，一点一滴都会往心里去。

不过，简欣也不担心。简欣一直认为，所谓朋友，要么是同类或局部同类，要么得把她变成同类。最重要的是，发自内心的情绪同步，为对方的快乐而快乐，为对方的忧伤而忧伤，这是鉴定友谊的精准试剂。同事关系也许不完全一样，却也可以套用这个逻辑的，如果情绪同步，生活方式再不同，心也是近的。

晚上她们几个在芭比厨房吃饭，给 Penny 践行。讲到今天两件事，大家热议，嫫嫫和念念的态度最为坦然。末了，念念端过来一道新点心给她们品尝。念念照例大眼睛忽闪忽闪谜一样地望着她们，然后魔性催眠道："这道点心的名字是'信手无常'，人生来便是无常，还要历经长久的无常人生岁月，这未必不是福呢。如果人生如同自动安装流水线上走一遭，又有什么意思呢。所以嫫嫫的食材论是对的，肠衣里装的是什么食材不重要，重要的是可以信手做成美味。"

大家尝了尝，外酥里糯，原来是迷你糯米肠，酥皮肠衣里面有清香的糯米、笋、香菇、虾仁，居然还有特制的豆制品，类似冻豆腐形状，吃着有肉的味道。嫫嫫笑着说："原来豆腐是这么盘成肉价钱的。"

谁知念念大眼睛转向嫫嫫，看着嫫嫫的眼睛笑道："豆腐不可妄自菲薄。"

大家哄堂大笑。嫫嫫摸摸自己的脸说："我不是冻豆腐，我是嫩豆腐，哈哈。"

姑娘们笑闹时，Penny 悄悄起身溜到院子里打电话。她碰巧站在当初 Tonny 站过的位置，打完电话往玻璃房里看，所思所想却跟 Tonny 完全不同。都说形只影单的人更容易伤秋悲月，Penny 倒从来不是强说愁的性格，不过一个人的时候的确常常会有时空感，比如此时此刻，望着玻璃房里暖色灯光团住的一桌子姑娘，她突然有站在第五空间的感觉，恍若隔世。

如果说念念幻想自己是站在城墙上的将帅，Penny 则常常幻想自己是天空中一双眼睛。小时候被母亲差遣送这送那去子珊的阁楼，Penny 常常不情愿送，她就会一边爬楼梯一边哼哼叽叽："为什么我是我，为什么我在这里，为什么我是子珊的妹妹，为什么我刚好九岁，为什么我不是天空中一双大眼睛……"

长大后想到这些，Penny 会不由自主地笑。现在的工作碰巧常常在野外，常常伫立于浩瀚天地之间，更直接地咀嚼到时空和生命的境味，所以也常常拿小时候的无厘头小怨念自嘲，原来我九岁就有出世的境界了，哈哈。

此时看玻璃房的那桌姑娘们一团莺声燕语，Penny 看到了简欣的另一面。起初她觉得简欣跟自己一样，都属于看事情能一眼望到本质的，因此骨子里都透着天然冷。现在发现简欣是能冷暖游走自如的，她觉得这是自己需要学习的，虽然她很满意自己的冷和洒脱。她很同意嫫嫫和念念所说的,"人生来都是五味不全的,无人例外,公司也一样,怎样做出美味,很大概率上是自己可操控的",她觉得简欣算是一个不露痕迹的人间仙厨。

3.6 魔法欣视界

话传到云驹这里，云驹故意调侃简欣道："明明是嫫嫫和念念两个发布料理心得，Penny 却偏心对你评价那么高，我倒有点怀疑之前传说了。你要乖乖的，不要跟她跑了。"

"Penny 是爱男人的好不好，我就不用自作多情了，哈哈。"简欣笑道，"再说，我心里已经住着一个孩子王了，所以也是性向明确，绝对排除恋 Penny 的可能。"

"对了，你也很有孩子王的潜质的，要不要去当一次孩子王试试。"

"我不是当过了嘛。"

"那个不算，既然称'王'，就得有领导的作用，你来当一次校外辅导员吧。"

"这是跟你这个孩子王约会的方式吗？"简欣想了想，不好意思地道，"自省了下，突然发现自己几乎一无所长，辅导什么呢，只可能上上作文课不至于误人子弟吧。"

"你平时这么自信的，怎么性情大变啦。"简欣思索中变化着的表情像个孩子，很难想象她摇身一变能变回那个跩精英，云驹忍不住又调侃她。

"说明我对待孩子们的事很认真嘛。"简欣又理直气壮起来。

"我们不需要编外辅导员去教学生什么，只是让你去帮孩子们开拓视野，讲讲跟你工作相关的话题也可以，作文也可以，我会让孩子们明辨是非的，哈哈。"云驹道。

简欣想到了什么，说："你说我没有料理心得，我就讲讲魔法料理吧。"

"哈，跑题跑得这么快。那么你打算从哪道菜入手，真的摇身一变变大厨啦？"云驹无限好奇的样子，接着恍然大悟状，道："如果表扬鼓励一个孩子，有可能真的发掘出这孩子的潜力，所以你是被 Penny 发掘出来了？"

话音刚落，云驹胳膊上挨一记重拳。简欣笑道："其实食材首先需要被发现，发现它的视觉特质、味觉特质、嗅觉特质，发现与其他食材的融合特质，所以需要我们有一双善于发现的眼睛，有一份欣然发现的心态。不过，我不仅仅是讲食材，我要讲世间万物。你不会说我又跑题吧，哈哈。"

接着简欣给云驹讲构想大纲，两个年轻人一拍即合。课外辅导讲堂的题目定为"魔法欣视界"。

简欣自称从来没有这么认真地准备一次讲课,准备的比要讲的多了很多,云驹拿来看看也吓一跳。云驹看过简欣很多文字,第一次见她这么使蛮力的,心想,一、二、三、四、五、六、七论点论据,这个小学生校外辅导员是要备大学课程呢。简欣自己也不满意,又拿回去不断地删减,反反复复地修改。再见到云驹时减到只剩一棵树了。云驹见状松了一口气,仍然打趣道:"啊,你这么个减法呀,你不要告诉我又跑题跑成美术课了。"

"既然说是魔法视界,当然跟美术有关,就像摄影一样,你首先要能够发现美好,要能够找到好的视角,然后才有可能想方设法通过各种技巧拍下来。看世界看问题也一样,同样的世界,不同的人看,会看出千差万别,因而会走向千差万别的方向。我真的希望孩子们能够乐观、自信、阳光地看待这个世界、参与到这个世界。然后,才可能走出自己的美味人生。"

简欣见云驹作半信半疑状,又笑道:"到时 free style[25],但不是蘸酱调味说,你会满意的,哈哈。其实开始是被你带沟里了,用了很多力在讲什么、教什么、领导什么上,现在想和孩子们一起讲,要当孩子王首先要跟孩子们合成一堆打成一片,然后才可能灌输什么。"

"灌输?这个词好熟呀。"云驹故作思索状。两个笑作一团,因为都想到喷淋式电话亭了。

"其实不只是给孩子们灌输了啦。都说跟孩子在一起可以学习做更好的自己,我现在终于体验到了。比如,以前心里隐隐存在着的一些想法,也被我自己发现了,理顺了。"

"这种活动以后常常有,不需要一次性全面灌输完成,你的第一稿其实有点养料过度了,现在这个差不多,总算恢复你的巧劲和灵气。"

"后面一句没有听清楚。"简欣嘟囔道。

"表扬的话得说两遍是不是?"云驹笑道。

"被你识破啦,嘿嘿。别人表扬的话,我会客观自省,童校长的表扬多多益善,哈哈。"

笑闹之后,简欣又道:"我们做推广项目是商业性、目的性很强的,再人文的形式,最终都有很明确的商业目的。之前做的公益项目调动的都是志愿者的情感,不管多新颖的形式设计,最终与受助者只有物质给予的互动。现在要心灵互动了,而且是看世间万物这么大的话题,那天跟你说完大纲回家,越想越觉得有更多的话要说,一瞬间千头万绪,想入非非。我不想很现实,又不想给孩子们灌输些不现实,这两天我做梦都在左右手互搏反复推敲,整个云中漫步。哈哈。"

"看来有约束前提反而是对的。"云驹若有所思道。

"你这么一说我也觉得是呢。"简欣笑着看了看他,伸手捏捏他的后颈,道,"童校长思考的样子很可爱。"

"我在想我们的教育方式呢,我们学校竭尽全力为孩子们争取更多的学习内容,我现在想,是不是应该有意识地设一些收窄的区间,而不是让孩子们云中漫步下去,这样对孩子们成长更好。"云驹边说边顺手给她捏回去。

"哎哎哎,你捏了华夫饼的油手。"简欣缩着脖子撒娇嚷嚷。他俩坐在云驹学校旁一间高楼咖啡吧里,双双面向落地玻璃窗,喝着咖啡,撕着才出炉的华夫饼吃,窗外是学校全景。

"简老师,华夫饼全是你一点点蚕食的,我看看你的油手。""可是有喂你吃了不少呢。"简欣继续耍赖。

"好吧,我是吃了,可是谁的油手呢,简老师一离开工作,就不讲逻辑了,哈哈。"

"对了,你提醒我了,"简欣突然不闹了,认真地说道,"其实常常遇到一些人和事,让我产生'这人取景对焦的逻辑在哪儿'的想法,但是我又不想说教。"

"你在说你自己吗?"云驹坏笑道。

"当然不是啦,比如你刚刚提到的教育问题,我会想到你的取景对焦逻辑在哪儿,如果我没有理解错的话,是太宽泛的选择会导致虚无,收窄后更具象,更容易专注,才能更深入地经历一个学习项目的快乐、困难、琐碎、收获,从而真正学到东西。这是正确的取景对焦逻辑案例。"

"是这么个意思,不过我希望是有宽有窄。如果我没有理解错的话,你说的'找不了语言行为取景对焦逻辑'的案例我也常常看到。当然也包括你的油手……"话没说完,嘴被华夫饼堵住了。

"所以，我觉得'魔法欣视界'很有必要。"简欣看着云驹作恨恨咀嚼状，大笑道。不过不管简欣准备多充分，最后呈现效果怎么样，简欣心里也不是很有底，因为需要看孩子们的互动效果。

验证时间很快就到了。第一堂课还是在马兰花小学。简欣和云驹两个都身穿白T恤，前襟是手绘的半棵树，两人手挽手便拼成一棵树，两人背面也是一棵树的拼图。进了教室，小同学们照例拖长声音齐声问老师好。接着便交头接耳，然后大家忍不住大声说："童老师和简老师都穿了一棵树——"

简欣走上讲台开始讲课："同学们，今天我们一起学习'发现'，去发现世界万物的关系，去发现世界万物与我们的关系。听起来这堂课是不是三天三夜也讲不完呢，哈哈，所以我们今天只讲一小部分。大家都看到了，一棵树，今天就从一棵树开始讲。先说说你们最喜欢的那棵树是怎样一棵树，为什么喜欢。这也是测试大家的观察力哦，大家先说说从外形吧，要踊跃发言哦。"

同学们一边举手，一边迫不及待抢答："绿色的！""有红色的！""像手掌！""像云朵一样！""像雨伞一样的！""金色的，小扇子一样！"……简欣不停点赞道，"嗯，我也觉得像。""金黄色，叶子像小扇子，是银杏树是吧，很好，一下子把形象特征找到了。""红色的是枫叶嘛，像手掌的也是枫叶嘛，你俩说都是枫树是吧"……

简欣继续发问："你们知道吗？我们喜欢的树与我们有着很多关系，知道的同学举手来说说都有怎么样的关系呢。"

孩子们抢着发言："简老师，我家橙树开花很香，可是我摘了一朵就被姐姐吵了，说秋天会少结一个橙子。""简老师，我喜欢的银杏叶可以做书签。""枫叶也可以做书签！""简老师，我爬树超厉害的，我能摘到很多野桑椹吃，吃不完还分给同学们吃。""简老师，摘桂花算不算呢，我外婆还给我们做桂花糕呢。"……

简欣一个一个点评："是的，开花，然后会结橙子，我们才可能吃到香甜的橙子，不然只能闻闻橙花香。你说出了很重要的关系，也是简老师要说的呢，先给你点赞！""是的呢，银杏叶、枫叶都可以做书签，你们还可以发挥想象，所有树叶都可以作画哦。""啊，你真的超厉害，同学们是不是都很佩服你、喜欢你呀，是你爬树厉害佩服你，还是有桑椹吃佩服喜欢你呢？哦，一半一半是嘛。""桂花当然算啦，你知道吗？你又分解出一层关系来了，你也说出了简老师要说的呢。"……

热完场子，简欣开始她的魔法跑题："大家说得都很好，现在简老师跟大家一起继续开动脑力，继续探索发现。刚刚有同学说到桑葚，大家可以从中发现什么呢，可以发现分享的关系。爬树厉害的同学与大家分享了桑葚，桑树把果实给我们分享，还有谁分享到了呢，对呀，鸟儿呀。鸟儿不仅分享到果实，还分享到蚕呀。不仅鸟儿分享到蚕，人类也分享到了蚕，当然是指蚕丝了啦,你们妈妈姐姐穿的丝绸就是蚕儿吐的丝做的,是不是超好看?我们还把丝绸分享到了地球上很多国家,对呀,丝绸之路就是这么来的。"

"我们再回头说说蚕,那么蚕分享到了什么呢,蚕儿们分享到了桑叶。桑树呢,有鸟儿帮它们把果实带到远方生根发芽。"

"大家动动脑筋,还可以从这些数不清的枝枝脉脉分享中去继续延伸探索发现,比如我们给世界人民分享了丝绸、茶叶、瓷器什么的,世界人民又分享给我们什么了,他们又是从哪儿分享得到的……"简欣讲述着提示着点评着,带着同学们一路奔跑着,探索着。

沦为助教的云驹发完纸笔站在教室一角,笑着看着简欣表演教授,看她第一次像个魔法女巫那样有节奏地说话,轻灵跳跃,一步一步点亮孩子们发现的路。这一刻他突然体会到那次简欣为什么说仰视他了,此时对于简欣,他有同感。像简欣这样处处"节能"的大自在分子,繁忙工作之外还能如此耐心地当孩子王,自我却不失社会责任感,愿意花时间能量踏踏实实地去做这些事,真是很难得。

他觉得,简简单单穿着白T恤工装裤的简欣,让整个教室有一种明亮的感觉,简欣总是这样出人意料,她不介意很多接地气的行为方式,却总能行为得不落俗套。难怪伊佳说她大量杯喝咖啡也能自带气场,这次也一样。

"不过，大家知道吗？不管我们探索延伸多远，有一点是肯定的，那就是，我们人类是地球生物中得到和分享最多的一群。大家说对不对？"看到孩子配合的浮夸的醍醐灌顶表情，简欣也笑着跟孩子们一起醍醐灌顶了下，道："嗯嗯，明白啦是吧。"

随即，简欣话锋一转："所以，我们真的要用感恩的心看待这个世界。说到感恩的心，大家还应该看到，只有人类的分享是最富有情感的，所以也是情感的分享和交流，小到分享桂花糕、桑葚，分享一本书、一支笔，大到援助国家，保护地球。"

孩子们又七嘴八舌地跟着简欣探讨了分享过程中的各种情感附带，一片闹哄哄热烈讨论之后，简欣又笑盈盈道："对了，说到生根发芽，我们可以发现这里还有生命繁衍过程中的种种关系，不仅鸟儿捎带果实，还有什么呢？对，还有刚刚那位同学说到的橙子与橙花的关系呀。还有什么呢？马上揭晓答案，我们请童老师到讲台来。"

云驹知道自己道具时间到，几步跑跳上前，站在简欣旁边，两人对视一笑。简欣让同学们看云驹T恤上的树，说："大家看过来，童老师和简老师两件T恤前后四幅图刚好是一棵树的四面，童老师前面树枝上的三个橙子红橙红橙的，为什么简老师背后的树上的橙子绿黄绿黄的呢？"

"对——了——，童老师这个方向与阳光的关系更亲密，哈哈。"简欣也学会了拖长音说话,"面向阳光就生长得更好,所以简老师这边的橙子可能就没有那么好。你们知道吗?植物生长需要阳光、水和土壤养料。于是树木枝叶会尽量伸向阳光,树根会尽量伸向土壤里的水分和养分,同学们仔细观察,就能发现树木们的努力。不过,你们知道吗?地球上生命种类中,我们人类是最具主动性的,是最有能力主宰自己命运的。比如呢,你们努力学习也是最有效的,你们付出的汗水真的会有回报,真的能实现你们的梦想。所以你们一定要努力学习呀,你们说是吗?"

"当然,因为世界万物都有着千丝万缕的关系,所以我们人类不仅努力改变自己,还不断尝试找到这个世界的各种规律,努力利用好各种规律,让我们自己生活得更美好。刚刚那位小同学说的桑椹还让我联想到沙棘了,人类就是利用像沙棘这样努力将树根伸向深深土壤找水喝的植物特点,把它们种在沙漠防沙治沙,保护我们的秀美山川。还有呢,利用各种树木的果实像桑椹呀沙棘呀苹果呀橙子呀,把果树变成我们果仓,这是我们每天都看得到的关系。远的例子、近的例子还有很多,大家可以继续留心去探索,去发现这个世界种种奇妙的关系,去发现其中千丝万缕的规律,去欣赏去享受去好好利用。"

简欣这边讲着,云驹摆了个红橙 pose[26],然后又跑跳回教室后面了,简欣笑道:"好像童老师的红橙很抢镜呢,大家目光一下子又聚焦到童老师身上了,哈哈。不过,大家难道不想关心下简老师 T 恤上的绿橙子嘛，简老师要说一下，'绿橙子'们也很开心，它们做了饮料糕点，像果粒橙汁呀香橙饼干呀什么的，也与我们有很好的关系。"

最后，简欣让孩子们回顾一下今天所讲的内容，道："谁能帮简老师做个总结呢，有谁觉得自己可以呀。嗯，就是觉得简老师今天讲这么多，中心思想是什么，想到一句说一句都可以。"

见孩子们面面相觑说不上来，简欣笑道："好吧，简老师告诉你们：第一，我们生活在千千万万的关系中；第二，要用感恩的心、阳光的心态看待这个世界；第三，要从千千万万关系中找出规律，造福人类、造福地球。"

简欣娓娓道来："同学们，大的是视野，小的是生活，我们看过大世界，才能更安然更踏实地过好小生活。了解过世界万物的关系，才能去欣然看待我们切身小关系。每个小关系，都可能是大关系的一部分，比如你们现在的种种小努力、小成绩，都与你们的未来人生有着大关系。再比如你们现在碰到的小困难小挫折小郁闷，放在大关系大视野下看，都会变得微不足道，甚至可能只是你们每一次蜕变的催化剂。也许同学们还不能完全懂这句话，你们以后会慢慢懂，经过生活的历练会慢慢地懂透彻。"

"好的，简老师今天的课讲完了，看童老师还有什么补充的。"简欣笑盈盈地望向云驹。云驹再次跑跳上讲台，笑道:"简老师讲得非常好,童老师看过简老师的备课本,简老师想要教给你们的还有很多,我们下次再请简老师来讲课好不好?"

孩子们又是拖长声音叫好,课堂里一片欢腾。简欣很开心,她自己对这堂课很满意,不过她很想听听云驹这个专业人士的看法。对于云驹在课堂上夸她的话,她怀疑,这种冠冕堂皇的话会不会只是给她面子。或者,我只是希望他多夸我几次呢,哈哈,她自嘲地想。

后来两人独处时,简欣便缠着云驹给专业评语。云驹故作认真状,道:"跟着你走了一圈,你让我想起珍妮·杰克逊的那首歌了,就是MV[27]里面她在跳来跳去那首,哈哈。"

"嗯哪,你一说我也觉得像,哈哈。是不是跟你的太阳系黑洞有一拼,哈哈。"

"我哪有那么厉害,最多龙卷风的威力。"云驹仿佛很谦虚,胳膊上随即又挨一拳,他坚持着继续评论道,"简欣老师讲课一直在跑题,其实开始准备就开跑了,跑得太顺溜,我这个专业评审都没有审核出来,哈哈。倒是跑着跑着能绕回来。"

"因为地球是圆的呗。"简欣无厘头回答,作一脸无辜状。

3.7
爱与美味不可辜负

上完欣视界这堂课,简欣被云驹封为"跑题王",简欣笑纳。不过听说念念要改第二季推广活动主题为订婚礼,简欣心想敢情这里还有个跑题王,5秒钟后她立马想到碧儿了。简欣清楚念念不动声色地做了些工作,念念没有告诉碧儿芭比厨房魔法赛道活动,又死活把陆辉调遣到外地出差。她估计念念改变方案是这个原因。

念念笑道:"这算一个原因,嘿嘿。"

原来,芭比厨房魔法赛道活动刚刚结束,碧儿就知道了,的确很不高兴念念没有邀请她参加。她教育念念道:"念念啊,你不要看妈妈读书没有你多,但是妈妈知道的,你不一定知道。就拿你们的推广活动来说吧,你们又不是做火箭飞船的要保密,'食物链'最需要亲戚朋友口碑了。年轻人不要想到八大姨九大姑就反感,我每年好多单子可都是八大姨九大姑这么做出来的。"

碧儿说的倒是句句在理，念念只有耐心地哄着母亲："我们每季都要做活动，不会落下妈妈的。妈妈特别定制，真有的，下个活动就会特邀妈妈。"

之所以把第二季活动主题改为订婚礼，真正原因只有念念自己知道——双鱼座的念念太难以接受阳帆的所谓求婚了，于是乎主观故意地诱导阳帆搞一个仪式。之所以不告诉碧儿缘由，是自己本有点小失望，生怕碧儿大声嚷嚷一下，就真放大成不痛快了。而她也知道，如果她说了，不管碧儿本身什么想法，都一定会大声嚷嚷着教导她，怎么不中听怎么说。这也是她们母女俩始终不能成为闺蜜式母女的原因。幸好念念聪颖通透，早就不往闺蜜式母女方向去了，而是改闺蜜式为应酬式，把母亲应酬得妥妥的。

简欣照例让伊佳继续跟案子，简欣提醒道："推广活动始终得用推广的角度，不能让客户带沟里了，真老老实实搞个订婚礼就太狭隘了。"

嫫嫫照例起哄："是呢是呢，搞成婚庆公司得少赚好几个零。欣姐，我是不是总能第一时间领会到精髓？欣姐，咱俩真的心有灵犀呢。"

伊佳笑道："得啦，你又黏糊。欣姐才不像你想的那么狭隘呢。我才是与欣姐心有灵犀呢，我会既满足念念的要求，又把活动做成食物链上的一个新亮点。欣姐会给我点赞的。"

简欣道："做得好了，附加值自然高些，无论哪类公司，最主要是我们要做出特色，不可替代。附加值体现在'有形'创意上很容易被模仿，所以我们不仅要不断出新点子，跑在别人前面，还要着力'无形'上，风格到位，模仿不了。不过，说到'无形'，常常客户自己都不能理解接受，念念是个好客户，难得她能跟我们在同一高度上看问题。做得默契了，提供服务的性价比也越高，念念也很受益的。"

"说来说去，无非是大格调高品味，是不是公司大了产品就上档次了？"嬷嬷继续黏糊，"我们现在做得这么好，是不是没多久就把隔壁半拉公司赎回来了？"

"念念他们那么大的版图，必须得往大品牌方向打造的，大品牌绝对得大格调高品位搭建，才能深入人心，然后他们的细分产品推广又必须得贴近生活不能太酷炫。"简欣说着芭比厨房的案子，话锋一转，望着嬷嬷道，"你以为公司大了大家每天还能这么好玩吗？大公司不得不各种定规则，一把尺子量到底，怕你这蜜桃格林没那么大弹性空间了。"

"公司小了，没有安全感，像那个小媒体歪门邪道，看着也是很感慨呀。"嬷嬷一副认真感慨的表情。

"无论大公司小公司，困难是常态，既然你都说是歪门邪道了，那些当然是歧途了。嬷嬷，其实是你自己常常没有安全感。"简欣笑她道。

伊佳笑道："我们都没有安全感。念念改活动方案也是因为没有安全感,我也是最近着手改方案跟她沟通才知道。"

伊佳与念念中学时并不走得很近,所幸这次两人有了更多沟通后,以前不走得很近的理由都成了互相欣赏的理由。比如之前念念觉得伊佳太过花无缺了,有作的嫌疑,现在真心觉得她完美;再比如之前伊佳无法理解念念像男孩子那样耍帅斗酷,现在念念竟然比她还要女人了。这样的"比如"不少,总之现在她俩很投缘,她们的男朋友情况也比较接近,所以很容易换位思考感同身受。

这次伊佳去工作沟通,念念憋不住还是把执意改方案主题的另一个原因告诉伊佳了。之前习惯了什么都跟阳帆说,突然遇到不能跟阳帆说的事,一直憋着,总算有个伊佳说说,也算一种减负。

原来,前不久阳帆在填一个表格,申请一个农村项目的政府补贴资金,他漫不经心说了句:"配偶填的是你哦,有配偶看起来应该更可信些。"

"对了,改天我们干脆把证领了吧。"阳帆继续一边快速填写,一边说话,眼睛都没跟念念对视一下。

偏偏最靠谱的小纪,这时也瞎起哄:"这是求婚吗?好,好,好浪漫。"

念念啼笑皆非:"浪漫在哪里?为了一笔五万块助农补贴吗?就这么被计划了,计划申请一笔不申请白不申请的补贴,计划结一个不结白不结的婚,我看你清单里还计划着什么,是不是还有不得不新增的两条生产线、似乎需要采购的多功能料理柜、开春不得不订购的三万鱼苗、两千仔猪……"

正是午后，照例是店里最闲的一小段时间，小二们听说求婚也都窜过来起哄："求婚！求婚！求婚！求婚！求婚！"

念念觉得个个瞬间不可理喻，她逃到厨房外空地上清净耳根。这时，又要开春了，蔷薇绿墙上竟突兀地蹿出一枝迎春花，念念突然想到，认识阳帆一年多了。这一年多时间里从恋爱走到谈婚论嫁，节奏还算很快的，而对于念念来说，是发生太多事了，隆重而漫长。之前如同伊佳所言，一副男孩子模样，没心没肺，这年突然一个大变身，便遇到阳帆了。职业规划、人生规划也变了。

当初想着要守着这一方小天地过日子的，没多久这方小天地也豁然开朗天高地阔了。然后呢，一切变得像激动人心的进行曲，旋律热烈，节奏强烈，感觉身不由己地忙碌着。而现在呢，这个男人把她写进计划清单了，她只是他清单里一个条款吗？！数月前，这个男人还亲着她的手指说，不怕，有我呢。那时，她相信，他是她的全部，她也是他的全部。

伊佳笑了，认真地分析道："其实被爱人放进计划清单是很多姑娘梦寐以求的事，我听了你的想法，我也想把你写进计划，哈哈。当然，是活动计划了啦。活动主题就定'爱与美味不可辜负'，我们推一个'念念阳帆'系列，就是你俩名字连在一起，谐音'猎猎劲风，扬帆起航'的意思。主推两三个

'爱与家'系列产品，作为你们的经典产品。"

念念道："你太懂我了，我就想要一个不动声色又刻骨铭心的订婚礼。"

念念刚刚口口声声"全部"，现在又用到"刻骨铭心"这样用力的字眼，伊佳觉得难以感同身受。伊佳道："念念你放松一点会不会更好，我觉得两个人各自有一点个人空间也不错，物理上和心理上都是。比如，Tonny 不在时，我可以忙我自己的工作，还可以看看书看看电视做做菜，还可以与女朋友们聚聚什么的，很充实。控制气氛太强，会让对方透不过气来，明明两个圆的信息体验，死活并成一个，一定会把对方和自己都变成一个乏味的人。"

念念叹口气道："我承认，我可能有被我爸妈事件影响到。不过，你觉得阳帆看起来像个没有过去的人吗？难道真是一直等着我出现，一见钟情吗？"

伊佳惊得下巴都快掉下来了，道："念念，你在自寻烦恼呢，在你之前的，都不应该计较，那时候不是没你嘛。"

"你说对了，在我之前的，应该不计较。不过，我可不希望还有'在我之后'的这种情况出现，我要像盐一样渗透到他的生命里，把他腌成我的专属腊肉。"

"念念，人生不是电视剧，没有那么多曲折起伏，你该不是把自己代入什么剧情里了。'腌'字听起来又是很用力，如果说润物细无声倒还好，也是相互影响造就，却是轻松谐调的心灵熏陶感觉。我和 Tonny 之间好像属自然过渡，从来没有想到需要这么用力。不管怎么换位思考，都觉得你们也不需要这么用力。"

伊佳这方面的确神经大条，她完全没有想到 Tonny 的种种不自然，不过总结起念念的情事来还是很清醒的，她总结道："念念，你所有的烦恼其实并不是烦恼，而是重大决定前的不安，就像我们小时候，觉得课本不对、钢笔不对，哪哪都不对，却只是害怕一场大考。"

其实念念与伊佳同龄，与伊佳一样是个"大明白"，只是在超强控制欲母亲碧儿的不辞辛劳张罗庇护下，她没啥动手实践经验，逆反心理实践倒是一套一套的。幸亏家里早早送她去英国念书，脱离了母亲全面管辖和照顾，她才突然长回她该有的样子。她也很明白自己潜意识里时不时飘出来的逆实践小心理，她会自嘲着把它按回去，觉得自己是成年人了，不要再跟母亲或自己玩这种游戏了。

她感慨地说："也许我和阳帆过渡得快了些，不像你和 Tonny 是润物细无声，我和阳帆是火星撞地球，动静大，连锁反应更大，这一年太多事儿了。从独木舟到双人小艇，到现在大船……咦，大船还是船队？小时候跟我妈斗智斗勇玩叛逆，脑筋急转弯惯了，哈哈。"

伊佳笑道："没关系，逆着逆着就正了，这季活动就是一个妥妥的证明。组船队是很好的点子，更能体现你们芭比理念，你们海陆空推广都有了，哈哈。"

订婚礼还没有开始，各怀心事的姑娘们争先恐后启动芭比模式，一时间花样百出造船，芭比船队早早启航。首先是嫫嫫和伊佳两个抱团组友谊小船，说她俩只带蜂蜜蛋糕和橙汁上船，自称"蜜汁船"，还说随时欢迎念念也来下午茶一下，立马被群嘲闺蜜友谊不是主食。她俩却自得其乐地说："没关系，我们吃完下午茶就上岸，隔天再上船，总之力挺芭比船队就对了，哈哈。"

小纪和二纪则说："我们的小船就叫电灯泡纪念册吧，电灯泡是指一直在旁边亮着，纪念册则是像账房先生一样记录你们爱情的收支平衡，所以我们带木瓜炖雪蛤加千层饼上船，哈哈。"

"注意主题哦，主题多了，活动一完大家都不记得了，"简欣笑道，想了想又说，"倒是可以采用一种 DIY[28] 的形式，一个永恒的主题，多元的定制。永恒的主题不能变。"

笑闹归笑闹，伊佳也觉得，上一季活动着重公司愿景，这一季活动着重爱与家，虽然这季需要与订婚礼相融合，这永恒的主题却是可以一直保留下来的。因为这季活动，伊佳心里也将自己与 Tonny 的种种未来、种种关联也理透了一遍。给念念做的活动细节，也会用"如果我，我会觉得好吗"设身处地，给念念做的愿景三道菜"爱与包容""同心协力""快乐活力"，其实也是伊佳自己对爱与家的愿景，被简欣、嫫嫫、念念点了赞，Tonny 也很赞同，伊佳很满足。当然满足不只是因为案子创意，而是最爱的人和最好的朋友，都妥妥的，"船队"着，这是伊佳最满足的。

简欣对这三道菜倒是很认同，不过她不太刻意去提炼描述自己与云驹的关系，她很享受与云驹之间磁吸般的默契，她觉得有他在便是极好的。说到最好的朋友，似乎并没有很多默契，先是嬷嬷打进电话求确认最好朋友，确认完挂了电话。紧接着 Penny 打越洋电话来质询，简欣又隆重确认她这个最好的朋友，两人都哈哈大笑。

随后，Penny 居然说，她正在当 babysister[29]。原来子珊的女儿小香草的爸爸突然生病住院，小香草暂时在 Penny 姨妈这里托管。之所以没有告诉子珊，是因为子珊正在度蜜月。Penny 笑道："不只是不打搅子珊蜜月，你知道子珊不像嬷嬷那样能控制人，我不想我的新姐夫这么快领悟到，要接纳一大家子人。原本子珊也是见不到小香草的。"

"原本？二师兄这么恶劣吗？"

"怎么说呢，爱一个人，却不想女儿成为她，这是二师兄和子珊分手的原因。相比子珊，二师兄好像过得更自虐一些，都是为了女儿好。唉！"

说到子珊，简欣不禁想到碧儿。子珊像是漂流船，终于漂到了幸福港湾。可据说碧儿现在还时不时跟陆辉闹别扭要翻船，简欣倒真心希望通过念念的订婚礼，能弥合碧儿的伤口，重新快乐扬帆。可惜她们几个一边希望，一边觉得没啥希望，因为换位思考，都觉得自己做不到。本来女儿出嫁是丈母娘的重头戏，开开心心忙一场总归是好的，不过与推广活动合并的缘故，念念都自己亲自在忙了。虽然时不时小情绪能飘出来缭绕，总的来说念念是忙得很开心的，至少在阳帆的视角，念念玩得很嗨。

阳帆直问念念这"念念阳帆"怎么玩，念念逗他道："让我妈给我们很多食物，让我们在船上吃到老。"

阳帆仿佛真信了，他掐指一算，喜滋滋道："每个丈母娘都到芭比厨房买个万年餐卡送女儿女婿，那咱们不得赚翻了。"

念念听了哈哈大笑，她又打电话去逗碧儿，碧儿听说给念念和阳帆送船食，感慨万千，握着电话愣愣的，哽咽到说不出话来。转过身拼命写食物清单，恨不得把春夏秋冬早中晚餐全部装船。长长的清单发到念念手机，念念看过眼圈也红了。那边碧儿像中了蛊一样，还在不断补发食材过来。本以为一句说笑，笑过就过去了，念念倒不忍给碧儿解释了。紧接着，碧儿人也到了。

伊佳便去给碧儿解释这季主题的意义，说："碧儿阿姨，看过您的食物清单，我们都感动得不行。不过您那样备食物得航空母舰才装得完，所以我们特地给您提炼了下。我们给您设计了三道菜，你看看，第一道是'爱与包容'，第二道是'同心协力'，第三道是'快乐活力'。"

"哦,这么个三道菜,早不说,你们以为阿姨不是文化人听不懂是嘛。"碧儿很不高兴没被当文化人。

念念赶紧解释:"妈妈,之前是我跟您开玩笑的,伊佳她们给您安排的可是重头戏呢。"

伊佳的确给碧儿安排了重头戏,其实是念念建议的。念念悄悄告诉伊佳,她妈妈是很上得台面的,说遇到搞文学的能化身文学范儿,遇到搞科学的也能突变科学范儿,遇到啥行业的都能把控住局面应酬半小时不掉链子。所以伊佳和念念商量好了,要让碧儿上台讲话,按念念的说法,那绝对是表演范儿的。这次宣传视频主要采用动画形式表现,活动本身只是动画素材,这也是念念认可的能迅速将活动主题体现到食物链包装上的最时尚方式。另外,这季活动规模并不很大,还是在芭比农场体验餐厅举办,只请了一些亲朋好友,家长里短本来就是妈妈们擅长的,即使有点小插曲也是给活动增加生动色彩的,无论从哪个方面考虑,简欣都乐得碧儿来增加点生活气息。

自上季活动以后,芭比农场体验餐厅定制宴席越来越火爆,现在周末定制要提前一个月预约了。不仅念念阳帆惊喜,简欣他们也收到了额外的策划案订单。凭借田园风景和精美食物特点,简欣他们已策划出好几个不同的活动,并且已经成功举办了两个活动。

念念没有想到的是,碧儿看了方案就要求增加预算了。碧儿觉得给订婚宴客人们准备的大礼包不实在,说来的都是亲朋好友，没听说礼包里面一堆优惠券的。她要求加一盒心形巧克力，并且她还要求领一些拿给她同事、客户，还有广场舞大妈们。这两个要求不算过分，念念却因此想到，推广活动与订婚礼还是有区别，再一次打心底里感谢小纪。她感激小纪的豁达，因为整个公司合伙人里，除了小纪就都是念念和阳帆自己家人了。小纪却不这么认为，道："推广形式不重要，最重要的是推广有效，我对这项活动的效果很有信心。"

虽然小纪这么说，念念还是改变了之前只邀请亲朋好友的决定，订婚礼那天也邀请了一些合作商户，宇博一家也在邀请之列。参加过前一次推广活动的客人们都发现芭比农场体验餐厅也有了一些变化，玻璃墙完全固定下来了，临时地毯也变成了固定的地砖。客人们看不到的是，餐厅厨房也已变成了固定配置，增加了相应的设施，不再临时从市区往这边厨房调运了。餐厅布置也与上次完全不一样，进去便被粉色玫瑰包围了，玫瑰中一个个芭比娃娃形态各异，玻璃墙上还有一列二次元白帆船队和蓝色波浪，满满的浪漫清新感觉。

放客人们座位上的礼包里不仅多了巧克力，还有了煲仔饭罐头、香菇蟹螯罐头、蛋糕罐头和一瓶摩丝奶油，这是伊佳设计的食物链超市版三道菜"爱与包容""同心协力"和"快乐活力"，当然餐厅版同款更为精致。无论超市版还是餐厅版的煲仔饭都有叉烧、鳗鱼、龙虾等几款可选，更体现了"爱与包容"。香菇焗蟹螯是鲜美江南味，脑筋急转弯一下，都觉得真够"同心协力"的。打开蛋糕罐头会看到小帆船在蓝色海洋，可以用奶油摩丝给 DIY 海浪，"快乐活力"不言而喻。这是针对年轻人设计的快手家常餐，其实用实物券去超市取也是一样，不过既然碧儿提到了，大家想可能实物给人印象更深刻，就换成实物了。

虽然极其家常，不过订婚宴上的同款三道菜看起来很高大上，嫫嫫直感慨"真是人靠衣装，食靠配菜摆盘"，然后自嘲自己是念念的配菜。为衬托念念的芭比新娘形象，她们仨作为司仪今天全部着男装，深色燕尾服白衬衣打领结，其实小帅小帅的很好看。当然，最美的就是念念了，她穿一袭简简单单不对称白色修身礼服，将她曲张有致的身材显现得恰到好处。头上戴着小王冠，浓黑长发亮如缎面，姣好脸庞宛若天使。订婚礼开始，先由阳帆上台感谢各位亲朋好友的到来，向大家介绍公司发展、描述美好未来，感谢大家一直以来的支持，等等。然后话锋一转，说："现在向大家介绍我们芭比厨房的厨娘念念，今天我们要请大家见证我们的爱情。"

念念来到阳帆旁边，向大家挥手致意时，空中一只花篮被几只海燕叼着滑翔到阳帆和念念前面，阳帆伸手把玫瑰花上的小盒子取下，打开盒子取出戒指，向着念念单腿跪下。台下一片欢呼，阳帆感觉自己一句"你愿意嫁给我吗"都被欢呼声淹没了，不得不清清嗓子，再大声说一遍："你愿意嫁给我吗？"

"我愿意。"念念笑盈盈地答他。本来嫫嫫死活要她装惊喜的，念念笑得不行，说自己安排的订婚礼，实在没啥好"惊"的，她答应嬷嬷会负责好"喜"。阳帆帮她戴上戒指，又送上一束玫瑰，两人转身笑盈盈亮相，台下又是一阵欢呼。

嬷嬷和伊佳引导大家祝福阳帆和念念事业爱情一帆风顺，大家把"一帆风顺"喊成了节奏，气氛很是热烈。紧接着，嬷嬷和伊佳让大家猜猜阳帆和念念要带什么吃的上船，大家七嘴八舌猜得也很热闹。于是嬷嬷和伊佳请上碧儿，碧儿让大家把座位上的大礼包打开，说谜底就在芭比厨房新推出的快手菜上。碧儿情真意切地告诉大家："阳帆和念念的爱情小船上会带三道菜，第一道是'爱与包容'，第二道是'同心协力'，第三道是'快乐活力'，希望这三道菜一直伴随他俩往后的日子，希望他们两个幸福美满携手一辈子。"

伊佳和嬷嬷引导完大家鼓掌，正等下文呢，只见碧儿索性把手中的卡片折上了，脱稿讲话："她们都说我能表演得很好，可这是我宝贝女儿的终身大事，我就想说两句我自己的心里话。我们一家都是做食品的，对我们这一行来说，最好的爱是爱吃。希望阳帆和念念都是对方最爱吃的菜，吃一辈子也不腻。也希望你们俩都把自己变得越来越营养美味，让对方吃一辈子也不腻，还能吃成体健貌端。"

碧儿一不小心把自己给单位小青年们牵线做媒用词也溜了出来，大家全乐了。简欣上来接着说："这位丈母娘说得太好了，最好的爱是互相欣赏，最好的爱是为了对方把自己变成最好的人。"

嬷嬷本来直跟伊佳使眼色,因为要改台词了。见简欣接话,她也赶紧说:"哦,我明白了,最好的爱是心心念念要吃的菜,一天不见要想念的菜。"

念念趁机不露痕迹地把陆辉拉上来:"最好的爱是迷了路还是循着美味返回来,注定要吃一辈子的缘分。是这样吗,爸爸?"

"是真的。"陆辉不好意思地点点头,的确不假。台下的人都以为是排练好的台词,只有台上的几个人知道念念的话另有深意。

"这是爱与美味不可辜负呀。"伊佳开心地说,"伯母您说对不对?"

碧儿抿嘴骄傲地点点头,每次陆辉认错时,她都会是一副要宽恕迷途羔羊的女王表情。这次女儿订婚礼上大家这么一圆,她的心结终于完全打开了。简欣道:"这位丈母娘跟女儿女婿真的很默契,即兴演说都能把芭比厨房食物链上的新品介绍了。这个,这个,把我们的串词也说了,哈哈哈。那现在就请阳帆和念念给大家介绍食物链上这几道关于爱和家的新品吧。"

于是大家退下,背景大屏幕从帆船海洋变为美食卡通广告,是顾客享用三道菜的一个个场面,阳帆和念念两个则夫唱妇随地解说。最后一个广告的一句话把大家逗乐了,里面场景也是宴会,一个小孩对妈妈说:"怎么还不碰杯呀,碰完杯就

157

可以吃芭比厨房的美味了是吧。"

于是，阳帆和念念笑着举杯，祝愿大家事业生活一帆风顺！也愿芭比厨房食物链为更多小家庭送上美味和祝福！当然也希望自己的小家能满载幸福快乐一帆风顺！

仪式结束，简欣悄悄到云驹旁边座位坐下。见简欣换回女装了，云驹道："怎么换衣服啦？"

"因为你来了呀，穿裙装更配嘛。"简欣似乎考虑得很仔细。

"可惜呀，我正准备COS[30]白雪公主配你呢。"

简欣笑得不行："你听好了，我可是喜欢男人味纯粹一点的男生呢。再说了，今天的王子和公主是阳帆和念念呢，你起什么哄。"

两人说笑着，望向远处正在一桌一桌敬酒的阳帆和念念：真是金童玉女，珠联璧合。简欣和云驹也被感染到了，两人不约而同地举起酒杯碰了下。简欣抿了一口，望着云驹说："王子和公主终于要幸福地结婚了，不过不是故事的结尾，往后的故事还长着呢，你说是吗？"

"是的，我们也是。"两人莞尔。

第四部分

前因后果

4.1
无辣不欢

故事当然是长的,长的故事当然是有曲折的。对于念念来说,订婚礼之后的曲折仅限于兴致满满地试验各种新菜品过程中的柳暗花明。虽说私房菜不是江湖菜,不会以麻辣为主,但麻辣系毕竟是深受欢迎的不可或缺的味觉享受,念念一向当这是片可深耕的肥田。不过这次念念想要的无辣不欢新菜系,不是惊涛骇浪,而希望是清润美味之间点缀的小俏皮。她觉得太过清淡有机的人生少了很多乐趣,小辣点缀,游刃有余刚刚好。

自从上次二纪质疑之后,小纪也加入食物链了,也和阳帆一样不常在店里了。本来阳帆只是看中他店面经验邀他来的,显然工作理念步调一致,合作默契高效,加入整个食物链是必然的,二纪的质疑只是催化了下进程。他俩都认为念念坚守着芭比厨房这一亩三分地比较合适,认为念念能够独立打造完美样板田。听说无辣不欢菜系后,两人先都是振振有词"男人做大,女人做优,很好"。转过头他俩仿佛回味过来,又是一阵夸张感慨"女人哪",不知是自叹弗如还是难测女人心啥的。夸张过后,阳帆私下劝念念:"你真的觉得有必要'辣翻系'这么'系'一下嘛,咱家芭比厨房不是该有的味道一直都有吗?"

念念笑道:"不是说好我是这一亩三分地的地主嘛,现在地主要打造完美样板田,精耕细作,推陈出新。魔法赛道系列不是做得很成功嘛,再出新故事,你到底是支持还是不支持呀?还辣翻呢,我要的是'无辣不欢',不过是'小辣怡情'的'辣'。"

"支持是当然的。不过私房菜也是家常菜,食物链样板餐厅做的是食物链样板家常菜,是千家万户隔三差五想要吃的又能做的,我家厨娘明白吗?"阳帆嘴上这么说,心里却想这厨娘的话没毛病。

"放心吧,我早就适应这虚实并进、收放自如了。我希望我们的无辣不欢菜系像小精灵一样,调皮轻盈,若有似无,却让顾客们乐此不疲。为了这轻盈,我们自己可不能一味地轻盈。已经有的,要刷存在感,所以要宣传。没有的,要创新,要刷出新亮点。虚实并进你懂的呀,无辣不欢你懂的呀,小辣怡情你懂的呀,哈哈。"念念一团欢喜,蹦蹦跳跳念念有词,跟跳街舞似的。

她肯定已经说服阳帆了。每次看到念念开心,阳帆也会心情愉快,他笑着抬起双臂跟着念念一起尬舞,跟扳大货车方向盘似的弹簧节奏两分钟。他脑子里却想到初见念念时,那阳光,那笑容,那被风吹乱的长发,还有,带给他的,从未有过的轻松自在。与活泼快乐的厨娘念念在一起,大厨阳帆状态大好,仿佛灵魂和肉身终于倒进最好的模具,时时有着王一样的总厨自觉。按厨娘念念的话说,则是"阳帆同学今天又自带光环呢",平时说笑他并不往心里去,今天想想这光环都是这实诚厨娘念念给安上去的。

想到一直以来,念念心心念念全力配合着他,实诚地全力工作全力奔跑,也不是跑步健将,却每次跌倒都能迅速爬起来跑出好成绩。不是健将的念念,却能每次跑到他内心深处最妥帖的位置,每一条跑步路径都踏实而美好,还能激发出光环来。他想,呃,与这厨娘一起跑一辈子是蛮不错的选择。他想,如果现在念念问他什么时候爱上她的,他知道怎么回答了。

厨娘念念开心时照例觉察不出阳帆的小心思,她一心记挂着无辣不欢菜系的事儿,跟伊佳约好了碰头讨论的。元气满满的念念相信无辣不欢菜系会给芭比厨房带来新的节奏感,伊佳赞同。念念和伊佳都认为美味不止"色香味",而应该是"色香味趣"。伊佳把嬷嬷也拉上了,她觉得嬷嬷常常甜甜辣辣趣事不断,这无辣不欢节奏少不了嬷嬷。嬷嬷听说"无辣不欢",便"噌"一下溜到简欣办公室,游说道:"她们都不知道,独独我知道欣姐才是辣得最劲道的一个,要不欣姐跟我们一起去聊聊吧。"

"我辣什么辣,我一向很温文尔雅好不好。"简欣佯恼道。

"好吧,欣姐不辣。对了,伊佳说要'色香味趣'呢,欣姐一向风趣幽默不是吗?"末了,忍不住又娇娇道,"唉,不过缺了辣好像不怎么有趣呢,去吧,我们不会告诉童校长你的辣的。"

简欣没好气道:"童校长眼睛雪亮着呢,备课本上一二三四五六罗列的,条条达标,验收合格好不好。"

"那就是说,缺辣哦。"嫫嫫眨巴眨巴眼睛笑道。

"童校长没感受到辣,只感受到美味。"简欣同样眨巴眨巴眼睛回复她,又道,"好啦,收起你的小心机,跟着伊佳两个去吧,伊佳其实常常憨有趣,冷不防呆萌辣,你不觉得吗?哈哈。我要不是忙,我也乐得跟你们一起吃吃喝喝就把活儿完成了呢。"

把嫫嫫哄走后,简欣不禁反省自嘲道:"我有那么味味全大补汤吗?这般振振有词,哈哈。"

嫫嫫和伊佳倒是真把简欣提示的冷不防呆萌辣模式认真讨论了下,看看能不能用在案子里,结果与念念一拍即合。三个姑娘很快找出切入点,讲述冬天的故事,围炉暖冬的故事。春夏秋的纷繁退去,在温暖的灯下,聚焦一桌美味,一盏暖炉,一钵迷你锅,更像是面对自己,或面对对面的她,或他。所以围炉暖冬装盘就是一圆托盘，暖炉放置一边像个鸡蛋黄。迷你砂锅里的锅底是鸡汤，配菜食材还是有三套可选，海鲜系、肉系、菌菇系。最可爱的当然是调料，有麻辣、甜辣、酸辣、仿泰辣、仿印辣，食客甚至可以根据自己喜好直接倒锅里煮。

念念解释道："我其实是想用五色花命名的，用轻盈的方式诠释重口味。"

嫫嫫笑道："乍一听以为是马卡龙，只是轻辣呢，还是轻盈的味觉记忆呢？我怎么感觉是重口味跳足尖舞呢。"

"好吧，胖精灵跳足尖舞。"念念笑道。

"其实倒像是女人辣，娇俏可人，尺度刚刚好，太重口味就不像女人了，"伊佳突然说了一句，想了想又说，"像一个女人身体里住着几个自己。"

嫫嫫跳脚道："难怪欣姐说你会冷不防呆萌辣呢。好吧，亲爱的，验明正身，哈哈。"

"嫫嫫，其实是从你身上提炼出来的精髓，哈哈。"伊佳也调皮地吐吐舌头。

她们仨正互辣呢，念念听到手机响接听电话，听着听着念念的笑容凝固了。是小纪的电话，小纪并不觉得自己在讲一件很严重的事，只说昨晚阳帆前女友可能来过，问有没有过来跟念念打招呼，说周六会来见下阳帆。

念念感觉脑子里"嗡"一下，整个人都蒙了，她直觉来者不善。其他情侣这个阶段可能早就涉及前任事项了，念念却一直在边缘游走,一直隐隐地感觉、瞎瞎地猜,一直严阵以待着。可能她父母给她造成太大阴影了,她整个一假想敌恐惧症。此时,念念突然对母亲的受伤情绪有了最深刻的理解,她意识到,她也要赢,她就是要做个世俗女人,哭着闹着也要捍卫她的爱情,守住她的男人。

她这样隆重地想着,甚至想到防狼神器,忍不住说了声:"辣椒水!"

抬头却看到伊佳和嫫嫫两个诧异地望着自己,念念瞬即切换到现实,轻描淡写地笑道:"小纪来电话说,阳帆的前女友来看阳帆,昨天已经都来过一次了。你们说这是啥意思呀,我要跟她诠释事过境迁这件事吗?"

嫫嫫唯恐天下不乱状,笑道:"哈,几时来,我也来凑热闹,要启用念念牌辣椒水吗?"

一向认真的伊佳照例认真:"她什么时候来,说了什么事了吗?"

这时小纪又打进电话:"念念,你怎么把我电话挂了,我还没有说完呢。"

念念这才发现,自己不知怎么就把电话掐掉了。小纪告诉她,阳帆的前女友昨天跟一班朋友碰巧来店里,知道是阳帆的店,所以想见下。可能周六会再来一趟,不需要什么准备,就请她在店里吃顿饭吧。小纪纯粹事务工作安排,这几个姑娘却狠狠地神探了一把。

第四部分 | 前因后果

首先伊佳给念念吃了一颗定心丸,说:"我看没事儿,之所以找小纪,是她跟你们阳帆分开很久了,没有联系方式了。"

"既然来过了,肯定知道这里的女主人了,"嫫嫫道,"我打电话问问二纪吧,也许她知道一些。"

三个姑娘一同跟二纪手机视频说话。二纪的反馈可不像小纪那样公务表情,而是满满观感。二纪也只见过两三次,说每次都看到那前女友斥责起阳帆来像蛮横的说教主任,把阳帆都修理成那样了,灰头土脸的,跟现在大不一样呢。

嫫嫫安慰念念道:"看来人家自带辣椒水,你放心好了,没有哪个男人会喜欢一罐辣椒水的。"

"其实我有时候也蛮'辣椒水'的,哎哟——"念念弱弱道。

"念念你那些都是小辣小甜辣,你们都没有看过那种辣,很伤人的。"二纪道。

这正是念念想要听到的,不枉她小演一下,得到满意答案的她很宽慰很开心。她继续小心翼翼地挖掘,二纪没心没肺地有问必答。大家大概了解了下这位前任状况,新贵出身,交了几个贵闺蜜,不免不断进行自我身份确认。本认为自己与阳帆天作之合的,却变得时不时要刻薄讥讽下阳帆食品作坊的出身,又是现在家族企业的局外人。为了刺激阳帆"上进",还挽了个公子哥去激励,以为会激发出阳帆斗志,结果阳帆不再找她了,把她的联系也全部屏蔽了。

嫫嫫笑嘻嘻道:"好像故事没什么亮点没什么特别,无非就是一瓶不高明的辣椒水。被这么辣,无论男女都会受不了的呀。这会儿来,她是想让我们给开个吐槽大会是吗?哈哈。"

念念道:"只是大家各取所需,只要不拿我的,我按礼数好好请她吃饭便是。"

"正好请她无辣不欢新菜,"伊佳提示道,"新菜不就是各取所需、各取其辣的意思嘛。"

"那给起个名儿,叫姐姐妹妹辣起来吧,哈哈。"嫫嫫起哄道。

"都辣出毛病了都。"伊佳脱口而出,立马又说,"缘分吧,没有辣出毛病的话,今天念念就不在芭比厨房了。"

"哎哟喂,又被伊佳冷不防呆萌辣了下。"

"这个不甜。"尹佳认真检讨道。大家全笑了。

"伊佳说得对呀,可是阳帆怎么会爱上那样一个人呢。"念念不解道。

"据说前女友之前一副小鸟依人模样,后来被她的两个闺蜜带沟里了,整个一邯郸学步,对阳帆也吹毛求疵看不顺眼,总想对标那俩闺蜜,没了自我。"二纪帮她分析,末了又加一句,"好像她本来就没啥自我。"

"我我我,好像从来没有小鸟依人过……"念念自嘲地嘟囔道。

"阳帆喜欢的小鸟依人应该是念念这样的,看起来被动,其实主动能量满满,又用得恰到好处不露痕迹。比如像今天,娇娇弱弱愁愁恼恼的样子,却把我们仨的推理导向牢牢地控制了,哈哈。"二纪忍不住揭穿念念了。

三个姑娘齐齐嚷嚷:"心机、心机、心机、心机……"

念念不好意思地笑,解释自己只是好奇得紧,其实三姐妹都知道她是紧急的紧,紧急状况。不过调度着姐妹们一一说出自己想听的话,加上三个姐妹对念念的小心机心知肚明,还很耐心地帮她圆整个故事,经三个姐妹之口说出来的话,虽跟念念自己想的一样,镇静效果可要强很多。

嬷嬷想起什么,说道:"看来二厨、二纪你们俩有一拼。上次小纪就说过,说二纪是不动声色地控制了他,所以二纪看念念一下能看出门道来。二纪,二厨,俩二字头的,可都不二,哈哈。"

"其实还真不一样,我和小纪这么多年了,好像我俩没有发生过明显变化,念念却让阳帆变得明显不一样了。"

念念谦虚道:"你俩本来都很完美呀,我和阳帆进步空间比较大。"

伊佳帮她们总结:"看起来更像是阳帆恢复满满自信满满元气了,他那种性格一般不可能灰头土脸。那满满的负能量不仅使前女友自己失衡迷失,还绑着阳帆一起失衡迷失灰头土脸,唉。现在好了,满满的负能量换成了满满的正能量,互相激发出最好的自我，阳帆经营食物链运筹帷幄，念念经营芭比厨房也越来越驾轻就熟了，事业爱情双丰收，你们才是最好的缘分。"

末了，再给念念吃一颗定心丸："估计那前女友只是要了一个心结，然后真正放下。除'了心结'外不可能再有其他了，因为她最后那次'激发上进'肯定不是阳帆离开的全部原因，只是压垮骆驼的最后一根稻草而已。"

"哈，原来天下本无事，念念，我帮你把辣椒水收起来吧。"嫫嫫照例调侃着。

推理告一段落，伊佳和嫫嫫离开后，芭比厨房也开始忙晚餐了。忙碌间隙，念念望着店堂里各桌顾客们，有恋人约会的、有朋友聚会的、有家庭聚餐的，想到昨天那位前女友也在其中，唏嘘不已。想到伊佳说的"最好的缘分"，正应验着千千万万人中的阳帆和自己，真想把伊佳捉过来再说二十遍，她极乐意听。

正想着，另一个乐意听的消息来了，小纪唉声叹气打进电话来，说自己被二纪狠狠教育了一通，说不懂女人心，不为念念着想。现在已经说服前女友不来了，说前女友没有很大情绪，只说没事我还不是有男友了。不知是真有男友，还是嘴硬，希望她不要再走弯路了。末了，小纪又感慨道："女人哪。"

"阳帆不想见见她吗？"其实念念动用推理导向是下意识

的，倒真不是动用心机，她知道小纪不可能不先报告阳帆的。小纪赶紧向她说明，阳帆只说要见就拉念念一起吧，所以小纪也以为见个面平常得不能再平常了，没想到女人们给推理成了悬疑剧宫斗剧，自己还被二纪狠狠修理一通。

挂了电话不到一分钟，阳帆电话来了："我家念念无中生有了是吗？"

"不是呢，不过是用了几小时曲径通幽去到我家阳帆的过去看看。"

"穿越啊，你家阳帆没你想象的好吗？"

"不是，只是有点心疼。"念念眼眶红了。

"一听这话就知道，咱俩一伙的，没错。"

"那你还说我无中生有？"

"创意，创意，夸你那无辣不欢呢。"

念念破涕为笑状。通完电话，念念感慨万千。"咱俩一伙的"，第一次在芭比厨房重逢时阳帆也是这么说的。这一刻，念念倒是极希望阳帆穿越回来，好想立马拥抱着阳帆，再听他说"咱俩一伙的"。

说起来念念和她母亲碧儿都属满屏投入过日子的女人，只不过满屏的形式略有不同。不过宗旨是一样的，都是要付出值得，满屏投入值得，人生值得。没有到的客人，却能了却念念一桩心事。就这么曲径通幽地走到了阳帆的过去，念念更踏实了，更坚信她和阳帆是最好的缘分，是 soulmate，都不需要捉伊佳来反复重申了。念念直接重色轻友了一把，想到这里，她自己也笑了，又想到被二纪修理的小纪，更是忍俊不禁。

想到伊佳说的话，两个人的关系似乎可以无处不辣，也可以处处辣翻，像这次新菜围炉暖冬一样，辣度怎样，什么菜蘸什么调料，都要适宜都要恰到好处。从某种角度上说，也可以理解为因人而异，各取所需。念念觉得守着这方小天地，守着这一份俗世的温暖，不拔高，不矫饰，踏踏实实地努力工作生活，实实在在幸福快乐，这就够了。她想，这也许是她和阳帆的共同点，也是之所以 soulmate 的基点，也是双生花的镜像点。

念念自我调侃道："从此，公主和王子过着幸福美满的生活，原来是这样来的。"

4.2 初心可欣

念念这样不断求证,过山车似的一波又一波,大家戏称为焦虑症的甜蜜爱情,简称"焦糖症"。姑娘们又玩心大发各种模仿秀,嫫嫫认为留守姑娘最"焦糖",所以觉得自己最能理解念念。大家都笑了,伊佳道:"念念是真焦糖,你是控制欲戏精。"

"二纪不是说念念才是控制欲戏精吗?"嫫嫫假装懵懂。

"她俩是心机控制,你是戏精控制,哪次你不是信手拈来演上一出呀。"伊佳不知想到嫫嫫哪一出了,一边鉴定一边笑得前仰后合。

"不是你们说的五色花女人嘛,我只是执行了你的创意。"嫫嫫继续装无辜,末了,又加一句,"老早就开始执行了。"

大家又是一阵笑。伊佳则感慨自己最大的焦虑是未来的工作和生活,因为她真的很喜欢跟现在的团队在一起。嫫嫫鉴定起伊佳有盐有味:"伊佳离开这个团队的话,我都替她'焦糖'。伊佳在我们这里元气满满创意多多,换个不和谐的环境她可能就事业夭折了。然后回家带孩子,那边家庭族群关系也多,万一不和谐的话,这路越走越窄,唉。我们得让Tonny许一个风清日丽的未来,不然不让嫁。"

"把'焦糖'当点缀装饰装饰生活倒也不是坏事,所以念念'焦糖'不算问题,嬷嬷'焦糖'更不是问题,伊佳还真是个问题。不过伊佳解决问题能力强,遇到啥问题都能吭哧吭哧解决掉的,她不就是这样一路顺风顺水过来的嘛。"简欣这样说着,自己心里却也直打鼓。

不过简欣的确很满意自己的团队,多肉们干起活来越来越默契,团队周边也配合默契,比如Penny。之前是简欣担心的人情合作者,后来用了几个工作室,还是觉得Penny的工作室比较好。按嬷嬷的说法是,被Penny拿去制作的片子,不知哪里修改了,就是突然高大上了。简欣跟Penny通话时,又表扬了下她。Penny最近牵手她的剪辑师,终于结束单身生活,自我调侃说:"剪辑师的功用就是可以把我的一切做最好的筛剪拼接,让我自己都觉得自己超可爱。"

简欣吓她:"好像还是有风险呢,剪刀手是操盘手,万一反其道而行,就有点麻烦了。"

没想到Penny真"焦糖"了,她喃喃道:"倒也是呀,我还以为万无一失呢。"

简欣赶紧安慰她:"亲爱的,其实能筛剪出最好的你,就是全盘接受你的全部了。得从你的全部筛呀,知道你的好,也包容你的不太好,全盘接受最靠谱呢。你看你,一焦虑又变成那天唠叨子珊的操心妹妹了,你的特立独行文艺范儿呢,哈哈。"

"唉,关键时刻就不范儿了,那平时算不算假范儿呢。"Penny自嘲道。随后告诉简欣,她现在倒真不用操心子珊了,子珊突然长大了,只因子珊嫁了一个比她还要不谙世事的小男人。

放下电话,简欣高举双手伸展身体做了一个放松动作,笑道:"都挺'焦糖'的,就我不'焦糖',我只喜欢吃焦糖红薯。"

简欣称"不焦糖"其实还有一层潜意识,她想既然子珊都能突击成长,能力强很多的伊佳当然没啥好"焦糖"的。云驹正在写字桌工作,简欣和Penny通话应该是都听到了,他坏笑道:"你'焦糖'时什么样,我都记得呢。"

"工作项目不算的,琢磨工作谁没个头疼脑热的呀。"简欣笑道,末了,椅子滑到云驹对面,望着云驹眼睛道,"要么,你有什么没跟我坦白过?那箱橙子是不是有问题?"

云驹没想到这么快摊上"焦糖"事儿了:"跑题跑这么快,起承接转都没有因果关系,你都是这样跟人谈判的吗?橙子来历你是知道的呀,小时候一对一帮扶学妹的老公承包了橙山,所以寄箱橙子来分享。简欣是你吗？你还是那个大女人吗？"

"我是大自在，该大女人时大女人，该小女人时小女人，哈哈。"简欣凑过去夸张地审视着云驹，狡黠的眼睛忽闪忽闪，"我扫描下，好像真不是那么回事，鉴定完毕。那我也可以跟你橙子学妹聊聊天呀，说不定她知道你很多事。"

"据说人到七十才可能大自在，你用那个喷淋式电话亭学习机修炼速成了？"云驹笑了，然后将计就计正色道，"好吧，我坦白告诉你吧，免得你瞎七搭八，没有喜欢学妹，喜欢杜老师。"

说完笑着直直看着简欣，看她怎么小女人。原以为对云驹了如指掌，简欣不禁愣了一秒钟，随即恢复自在状。媸媸帮她打听过云驹的背景，知道云驹很多事，独独不知道这件。她打量云驹道："从心所欲不逾矩，我可是自己学习工作碰壁穿墙反省悟出来的。不过我刚刚听说还有通过姐弟恋方式学习速成技能的，那么童校长有这方面经验哦。"

云驹叹气道："好吧，说实话，是我自己悄悄喜欢杜老师，9岁，9岁小学生的喜欢而已。还小女人呢，总算有点醋意，一秒钟就没有了。"

"没见过盼着人家吃醋的，看来媸媸是对的，那么，我是不是要去看看橙子学妹，表示关心你呢。说不定橙子学妹会揭发你'喜欢杜老师才选择教育事业'的心路历程呢，"说着简欣自己也笑了，"好像满怀醋意研读童校长的初心。"

"小时候有过很多理想，其中肯定有长大当老师的理想。不过选择教育作为事业还真不是因为杜老师，其实只是工作机会二选一，我选择了教育管理。这才碰到多年没见的学妹，她也在这一行，才听说杜老师离开时的事。小时候记忆又一一重现，觉得选这行真没错，把杜老师没有做完的工作接着做下去，是一种责任，或者，是一种使命。"

云驹想了想又说："不过，现在想来你与杜老师有很多相似之处，很多理念很相似。杜老师讲课很精彩，我听过杜老师的实验课，看得出是精心准备的。记得当时我们学校带队帮扶的老师还感慨万千，说她全力以赴教三年，可以不计较得失，我们这些得教一辈子的老师怎么办。"

简欣点头道："是这样的，志愿者可以只为理想工作，从业者不仅为理想工作，还要为自己生存生活考量。这样满屏投入做三年真的很赞，兢兢业业做一辈子也是努力付出。"

"还有，杜老师不只讲课堂上内容，比如还给学妹做红薯蛋糕，当时真的很羡慕学妹。"

简欣笑着做"暂停"手势，道："好吃好像不算理念。"

"红薯蛋糕对我们来说不止美味，不止形式，而是发掘自己周边的美好。这不也是你的理念、你的欣视界吗？不止红薯蛋糕，她还教很多课外内容，连学妹她们学习生活方方面面都教，连洗脸刷牙都教。据说她不得不离开时，她跟学妹说，老师支教只有三年，老师还有很多别的路要走，不可能陪你们一辈子，每个人要学会自己管理人生，不仅学业有成，还要好好生活。"

简欣觉得有必要去了解下这位"双生花"杜老师，云驹要出差不能陪她去见学妹，嫫嫫和伊佳极想去，于是三个姑娘一起踏上探索之旅。学妹的村子离市区比较近，早已脱贫成为富裕村。学妹与她们仨一见如故，说到杜老师，学妹感慨道："我们小时候都很喜欢她，成年以后回想，更喜欢她了。"

被问是不是因为杜老师才选择回村教书时，橙子学妹先说"肯定有的"，然后不好意思地咯咯咯笑，检讨道："其实没有那么'高光伟'，一半一半吧，另一个原因是我老公决心读农技在家务农，所以我回村当老师了。"

伊佳点赞道："我的大学同学们好像都愿意留城市里呢，橙子老师好难得，有压力吗？家人村民理解吗？"

"其实也没有那么大压力，我和我老公少年时代就没觉得农村有什么不好，这点可能真的有受杜老师影响。还有就是村里通了公路，开了隧道，突然与你们城里仿佛一步之遥。像杜老师说的那样，洞的那头看这头是桃花源，洞这头看到那头也是桃花源，村里人的思想也豁然开朗，我老公也很快很顺利地承包到橙山搞生产了，这在之前想都不敢想。"

学妹继续娓娓道来："听说你们特地来想听听杜老师的事儿，我还特地做了个总结，杜老师其实已经是我们这一批学生生命中不可或缺的存在，她带给我们的，就像是通向桃花源的路。我昨天还一直想，杜老师对我们影响最大的，是什么，应该是'热爱生活'。杜老师教会我们热爱生活，过好每个当下。只有热爱生活，才能对未来对理想有热忱，所有的努力都能变成乐趣。学习是这样，生活也是这样。你看你看，那一品红，杜老师喜欢摘一朵，吸花蜜，很诗意的。我们也学着吸，甜甜的。那时觉得杜老师总是能在我们生活中信手拈来摘录到美好。不过现在想来，杜老师其实是把每一堂课每一天都当成一点花蜜，真的，不是矫情，而是她的生活态度，她的真信仰。"

学妹如数家珍。媒媒幡然醒悟，开心地说："这杜老师跟我倒是双生花，生活魔法师。所以，欣姐，咱俩真是双生花呢，你说是不是呀？"

四个姑娘笑得不行。简欣答非所问道："我得给童校长发简讯，四个字，初心可欣。"

附 录

故事1
嬷嬷的龙门阵

端　倪

　　明天就要恢复上班了，嬷嬷发现衣柜里的衣裳一件也穿不了。女人看衣裳是能看出场景来的，嬷嬷也不例外。嬷嬷这么扒拉着一排衣裳看，自己穿这些衣裳时的场景便一幕一幕显现出来。场景里当然还有她的那些姐妹们，比如那件浅咖色修身小皮衣，是上次姐妹们聚会穿的。记得伊佳夸她御姐范儿，记得自己娇笑自嘲道："喔哟喂，难道我平时穿得山花儿一样烂漫吗？好像通勤范儿没有跑偏过吧。御姐是欣姐，我还是小二范儿比较好——不操心哪。"

　　记得大家哄笑她操控欲旺盛，怎么也不会想起当回小二。的确，嬷嬷已经在负责当年简欣这块工作了，简欣终于把那半拉公司频道代理权拿回来了，不过也没有变成活雷锋，而是直接负责整个公司经营了。所以嬷嬷不操心是不可能的，只不过得心应手时往往不觉得操心，一旦感觉操心了，应是不得心应手了。当然媒媒几乎没有不得心应手的时候,她只是工作时开始感觉是在工作了,之前她一向把工作生活当玩儿的,甚至时不时玩嗨。

媒媒试了这件试那件,直到穿进了杰铭的T恤,她怔了怔。媒媒一向觉得,杰铭想什么,她是了如指掌的。家里虽说多了个肉团,她的小蟠桃,空气里弥漫着小蟠桃特有的奶腥气,全家总动员围着小蟠桃转,不过分配给杰铭的工作并不多,似乎杰铭像以往一样热忱地做着她的诙谐捧哏。

比如昨天,媒媒念叨:"蟠桃爸——"

"这新头衔怎么听起来像'叛逃爸'呢?"

"你还想叛逃不成,我可是能天罗地网呢。"媒媒笑道。"盼桃,盼盼的盼,天罗地网地盼桃呢。"

显然又把媒媒哄得很受用。媒媒一边逗着蟠桃,一边设想道:"盼着蟠桃早点长大嘛,跟爸爸一样当酷帅工程师嘛。"

"蟠桃呀,这届女人厉害,下届女人更厉害。蟠桃呀,咱得从你妈妈这里开始学起。"杰铭秒接话。

似乎找不出与以往有多少不同,媒媒就是感觉到不对。媒媒一向不给自己设立场,不过套进杰铭的T恤,仿佛切入杰铭的视角,媒媒一下子感受到杰铭的立场。媒媒心想,还天罗地网呢,小鱼儿都漏网几个月了都。

媒媒没了心情试装,草草取了件三宅一生褶皱了事,没忘记自嘲叨叨:"喔哟喂,我这是褶皱藏起心事呢,还是肥肉呢？"

她把明天上班办公室里要用的物件归到一个纸盒，打算先搬到车上去。出门在电梯口等了几秒钟，她下意识地右脚向右一步左脚跟一步，右脚再向右一步左脚再跟一步，像玩慢镜头滑板一样，从电梯口飘移到楼梯口，往楼道里瞅了一眼。

自从怀了小蟠桃，她习惯乘电梯下车库，之前她和杰铭两个都是连蹦带跳一路小跑下车库的。走楼梯下车库要经过她家地下室，她家是在一栋花园洋房的底楼，有附带一个平均2.2米高的地下室，有她家多一半面积那么大，站到楼梯口能瞅到地下室门口位置。嫫嫫感觉那门似乎半掩着，难道是杰铭加班回来了吗？

她家地下室原本规划有影音室、乒乓球室，还打算辟一块设计成吧台兼酒窖，然而各种奇思妙想的规划都没有实现，最终成了杰铭的工作室。更准确地说，是杰铭的玩具游戏室，有各式各样的车模航模，还有变形金刚大黄蜂族群、侏罗纪族群之类众多部落。嫫嫫不禁叨叨："喔哟喂，在部落当酋长当得起劲，在家就当不走心小二，不是一家之主吗？难道是我主多了吗？"

她给变形金刚大黄蜂换了个姿势，她每次都这样。杰铭会给扳回来，然后会说："嫫嫫，视察过啦？"

"是的，就是让你知道我视察过的，哈哈。"嫫嫫这样回想着，忍不住又咯咯咯笑，之所以笑，是想到自己划地盘的用意,与让杰铭当一家之主的说法有点相悖。

她转身拧开房门,视察完毕返。出了门嬷嬷发现自己站在公司的走廊上,回头看已不见自己拧开的门,这才想到自己刚刚是拧开了一扇画在墙上的门,她和杰铭两个涂鸦的。记得自己爱把杰铭桌面上工具小抽屉一个一个打开看,结果一只抽屉"噌"一下蹿出几大坨毛绒,像汽车的安全气囊一样蹿出来,嬷嬷怎么都还不了原。这是杰铭划地盘的方法。

"敢情今天我是安全气囊,晕哦。抽屉变成任意门了,以后都这么上班吧,省时间省汽油。"嬷嬷先是感慨,然后大喜,再然后道,"杰铭怎么会知道我现在一心想上班,喔哟喂,原来杰铭才生活魔法师。"

嬷嬷咯咯咯笑着,走着,随后静了下来。因又想到,杰铭显然不像以前那样神气活现地跟她一出一梗("梗"为网络流行用语,意思同"哏",本书下同)地淘了,嬷嬷感慨道:"喔哟喂,默默地做了任意门,也不跟我嘚瑟了。"

嬷嬷想到,无论她和杰铭谁控制了谁,都逃不掉地被生活控制着;不管谁忽略了谁,都没被生活的重压忽略。自己天天房子车子孩子工作地焦虑,显然一家之主杰铭压力更是山大,碰巧他俩都是不动声色地焦虑着,不动声色到自己也没察觉。

嬷嬷检讨道:"可不是吗?双生花呀。不过说来也有我自己的责任,是我敦促杰铭去留学的,是我非得一次到位买大房子的。对了,还有奴隶主小蟠桃,强行考验爸妈计划的弹性,硬是要提前报到,只有特批通过呀。曲张有致才能游刃有余呀,可这小家就是越来越紧致了,倒像充多了气的气球,紧巴巴的,再也经不起弹性考验了。"

嫫氏压阵脚

说到弹性考验,嫫嫫不免想到吴戟,自从蟠桃五个月时被大家发现,吴戟就开始时不时要旁敲侧击下:"欣姐把客户都转你手上了,嫫嫫也就摆摆龙门阵,一直坐享其成呀。"

西南方言里"摆龙门阵"等同于北方的"侃大山",嫫嫫感觉被大大地轻视了。嫫嫫当然也不动容也不示弱也不撇清,只娇笑道:"哎哟喂,能摆摆龙门阵 hold 住[31]场子三年只增不减的,也就我嫫嫫了。"

嫫嫫的龙门阵功夫了得,众所皆知,大家笑笑就过了。不过嫫嫫心里添了芥蒂,随着蟠桃在身体里一天一天变化,嫫嫫心里也历经着自己也不能控制的小焦虑。一个半月前嫫嫫快要生产了,偏偏这时吴戟又自称拉到一个大项目,说得隐隐讳讳,而吴戟本身就是一个大项目的关系才进的公司。嫫嫫更添一份焦虑,她跟简欣打听,简欣也还没听说,嫫嫫只有采取装作不知道，见机行事。嬷嬷从小就古灵精怪，早早知道工作不分男女，只分优劣。当然，利益冲突时，就更不分男女了。最后连吴戟一句调侃"嬷嬷你放心休养呀，我可以帮你代理负责呀"，嬷嬷都觉得话里有话，因她能辨出几分调侃几分真。

嬷嬷这样想着，发现自己正走在公司走廊上，公司大玻璃门里面是亮的，曾被拉掉的这间边角公司还保留着原先的入口屏风，再往里走，发现吴戟在加班。嬷嬷一惊，心里道：蟠桃呀，你的妈妈休假一个半月，被弯道超车了不是，你的妈妈可是被你这个亲生蟠桃掰弯的。

嬷嬷不自觉回退，从来没这么无力过，心里不由自主地念叨："喔哟喂，呼叫欣姐，我们不是超能四美吗？怎么我生个蟠桃就被超车了吗？"

"超能四美"是小纪给她们命名的，姑娘们听得心里美滋滋，所以就记住了。嬷嬷靠墙定了定神，却听见简欣说话："随随便便能被超车，那还是嬷嬷吗？"

"喔哟喂，现在沦落到被质疑是姐妹淘偏袒给的职位呢。"

"我这么不胜任管理吗？你自己产后综合征不自信，别给我的专业能力抹黑，哈哈。当然不是偏袒你才给你职位，给你职位是让你去独当一面解决问题的，不然那是拉扯团队友作茧自缚呀。哈哈。"

"喔哟喂——"嬷嬷正想说什么，不想听到简欣也一声"喔哟喂"，嬷嬷婉转"喔哟喂"，简欣也婉转"喔哟喂"，嬷嫫加强版"喔哟喂",简欣也加强版"喔哟喂",僵持了三个回合,嫫嫫不得不放弃撒娇,自己处理问题。

再回身,嫫嫫又秒变御姐范儿,这样切换对于嫫嫫来说是常态。不过撒娇是一回事,示弱是另一回事,嫫嫫只在杰铭和简欣两个面前示过弱,她在父母面前也不示弱求安慰求保护。当然,她很小时候也试过,根本没用。她吸一口气,再慢慢吐出来,一副再烦的事儿也要去处理的自嘲表情往里走。当然她也不示威,她不打算与吴戟对立,她只是要把人员和事情分别管理好处理好。这是嫫嫫的无立场法则,也是她的赢法则。

嫫嫫收拾收拾情绪往里走,发现吴戟不见了,办公桌上电脑开着,游戏还在啾啾怪响,里面各种工事繁忙。这一瞬间,嫫嫫脑子里闪过杰铭。这时吴戟从茶水间端了桶方便面出来,迎面就说:"嫫嫫回来啦,咋不多休两个月呢?"

"你这是加班,还是打游戏,还是躲家务呢?"嫫嫫答非所问道,她知道小屯最近母性大发,正打算把他俩小孩接回来。吴戟小屯两个是奉子结婚,跑在嫫嫫的前头,不过小屯自己还是小孩样儿,所以之前一直没心没肺让外婆给带娃,小两口过得跟谈恋爱时没啥区别。

"工作为吃饭,吃饭为工作,游戏?这个这个,游戏也吃吃,哈哈。"吴戟作油条状。

吴戟只有理亏心虚时才作油条状,平时他也愿意作精英状。嫫嫫不禁笑了,她隐约感觉吴戟那个大项目黄了。不过,她仍和颜悦色道:"工作只为吃饭,所以你上次死活给拉个烂项目是不是?哎哟喂,公司都做那些<u>可</u>吃不了这么好的饭。别个都认为做活动是很简单的事,我们自己可不能这么想,不然尽接低效活儿,好好做吧,吃不饱,不好好做吧,几个回合就把欣姐好不容易搭建的公司商誉给弄没了。"

没想到吴戟真的结巴起来,道:"那个,那个,说不给批,唉。无所谓的,不如跟着嫫嫫吃好的。"

"还是要跟进哦,有的话,大家都多块肉,提成也不会少你的。对了,那个新车发布的案子让你先做方案,怎么样啦?急件哦,要给后面衔接预留时间哦。"

平时吴戟不做方案,这次嫫嫫忙不过来才让他先着手。看到吴戟做的案子,嫫嫫突然放松下来,也不官腔了。可谓势均力敌时才会感觉到竞争,发现对手根本不可能追上自己时,似乎可以谈谈友谊。警报解除,嫫嫫一下子发自内心地和颜悦色了,心想被质疑被旁敲侧击是因为吴戟没有看到差距,嫫嫫我得给他解释清楚了。嫫嫫心里自嘲真是一孕傻三年,本来理所当然的事儿,居然步步惊心了数月。

嫫嫫从未像简欣、伊佳那样反反复复自省复盘过,她的控制力是天然的。这时,嫫嫫又开始恢复她的天然控制力,她本来一向不预设立场,一旦推心置腹起来,满满的同理心,满满的控制力,没谁能自己绕回去。只这次,她时不时把自己也漂移了。

她娓娓道来:"年轮方案的确是伊佳的经典,不过再好的创意至少不能重复用在同一家。活动要与欣姐那边广告片同步,内容肯定也要相契合,方案的各二级项目也要契合,大方案都要有全局统筹观。客户要求家庭主题,就不用各种飞车话题堆砌,主题要鲜明。家庭的话题不是很多吗?你自己也有小家,我们都有大家有小家,大地球绿色环保,小家上有老下有小,唉,家家都有本难念的经啊。你们家还好,小屯父母给你们兜底,等于给免费养娃……"

吴戟本来一边"嗦嗦"吃面,一边听媄媄讲,顿住道:"小屯要给接回来呢,免费养娃可以,娃回来了不好伸手要钱呀。"

媄媄一下子明白吴戟最近变化了。她想,真是一物降一物,本来大家都不看好小屯和吴戟,更担心小屯,没想到在小屯的影响下,吴戟思想也规整了。想到自己和伊佳倒是治好了吴戟的'怒格综合征',不过那只是工作上,小屯的影响才是革命性的。她不免又想到杰铭,当初自己执意鼓励杰铭去留学的,现在竟不知是对还是错了。

媄媄毕竟良善,只要不拿她的,她真心想拉着大家一起好,这也是她群众力形成的重要原因。她善解人意道:"所以我们要加油干活,更要高效干活呀。欣姐拿的项目现在可是大家一起在做,不算我项目的,我可是要保证你们大家都有肉吃的。你的特长是活动后勤的执行,你看你这几年做场地监理进步也很大,每次从进场到收尾都很靠谱。你也知道,我可没少给你执行绩效分成，还跟欣姐要了岗位让你负责管理，说明我一直是肯定你的。"

嬷嬷想到吴戟方案不行，跟进项目的说服力肯定也不行，她也知道帮吴戟拿项目的关系其实已经名存实亡了，于是她问："对了，你那个项目需不需要我帮你跟进？"

吴戟笑了："你惦记着想抢我那个项目吗？"

嬷嬷没好气道："哎哟喂，我为公司抢好不好？提成还是算你的。欣姐说的公司团队要多肉总动员，可不是让大家个个九项全能，发挥好每人的长板才是最重要的，效率高了，公司好了，我们大家都能安身立命啊。哎哟喂，我刚刚白表扬你了吗？守住自己亮点做到最好，工作好了就是压住了阵脚，才顾得上家呀。"

末了，嬷嬷冷不丁半开玩笑道："今天说到这里了，你倒是真有想过抢我位置，我不是不知道。"

吴戟讪笑道："我想你可能要回家带娃呀。"

"你家小屯还天天在考级呢，我可没少给她批考前突击班的假。你自己掂量下，哈哈。"嬷嬷说完，灿笑着，双手抱着纸盒就"嘚嘚嘚"回自己办公室了。

你滋我润姐妹淘

虽然嫫嫫是以灿笑模式回办公室的,她脑子里却又闪过杰铭。嫫嫫知道公司按片划区不会扩点,又像简欣说的那样几乎纯人力作业,不能有生产线,自己不太可能有更多上升空间,不过她乐在其中。他们这里小而美,嫫嫫可以靠提升员工效率,来给员工更多回报,比如拿优质订单、优质出货。而杰铭那里大企业,企业不扩容,杰铭可能就没有升迁机会,而大企业往往不像小而美可以期待人人福利,不知杰铭是不是乐在其中,不知是不是一直比较压抑没有跟她说。

上次二纪来看蟠桃,说到他们那里正扩容呢,杰铭去他们那里可能也大有用武之地呢。嫫嫫一直知道她去了一家听都没听说过的小家电民企,干得很好。当时嫫嫫正因出了月子中心没了月嫂陷入一团糟,按她自己的话说,是被每天无止境的喂母乳、吸奶和换尿片弄得天昏地暗。杰铭是在场的,嫫嫫记得，却不记得当时杰铭什么反馈。倒是记得自己唯一不失本我的，是问她要订单来的。

一时间嬷嬷急着想回去找杰铭，正要回身出办公室门，接到自称"半亩地"的小田电话，小田是嬷嬷在月子中心认识的一个全职妈妈，因借一包尿片聊上了，聊成新闺蜜。小田说给她找到了一个合适的保姆，也就是小田大娃的保姆。本来小田自己要回力用的，结果大娃保姆档期不空，所以用了大娃保姆推荐的另一个。

小田解释说："就是上次我跟你说的，常常逼得我墙角反省的那个，职业女性。哈哈。"

在月子中心时，小田常常会到嬷嬷房里来坐坐，看到嬷嬷不断打工作电话，小田说："你令我再一次想到自己放弃工作到底值得不值得，原本已经能够理直气壮地声称自己只经营'半亩田'的。"

嬷嬷便笑问她上次是什么情况，不想小田一脸无辜地说："上次是被保姆逼的，动不动在我面前说，她是专业的，她是职业女性，我被她刺激到了。"

说完两人哈哈大笑。当然，小田回家前也是算过各种账的，算钱很明显，她亲自带娃比用自己工资请保姆划算。对孩子来说，妈妈亲自带也远比保姆带强。大家都觉得算法理所当然，可是没人帮她自己算过账。某次她主动问她老公，让老公给她算个账，她老公说，你那个破工作不算啥事业呀。小田无力反驳。

嫫嫫听了又笑得不行,说了些"各有各的好""通用算法没问题""你现在挺好,不用一心两用,焦头烂额"的话。不想小田说:"那你呢,会怎么选?"

嫫嫫愣住了,不过很快为自己解决这个问题了:"如果我的话,当然希望两手都抓,喔哟喂,你看我这焦头烂额的样儿。不过,不过情势所迫到非要二选一的话,我跟你一样,选孩子。任何妈妈都跟你一样的,那是当然呢。"

小田离开后,嫫嫫再回味自己的话,感觉不是滋味。如果情事所迫到那个地步的话,人生是要多不开心,真是站着说话不腰疼。不过,嫫嫫面前没有难题。她把自己代入全职妈妈状态,发现抉择很难,抉择后并不难。贪玩嫫嫫这样看,上班很好玩,不上班也好玩得很。做全职妈妈其实是打开了一扇新的门,既可以把家庭管理做得有声有色,还可以把厨艺、园艺各种手艺玩得有滋有味,还可以跟孩子们一起体验再成长。并且,只要你自己不想脱离社会,在家也能是社会人。

后来嫫嫫把自己从"不是滋味"到"打开一扇新门"的心路历程与小田分享,说:"其实我是拿你这事儿当项目做的,我们常常一开始拿到项目时,也不知从何入手,但只要用心做做,就会发现又是一个新天地呢。然后你会发现你这天地一点不比我的差,值着呢。"

说完,嫫嫫又审视了下小田。小田瘦瘦的,清秀脸庞,文艺调调的宽松衣裙，走在街上会被认作是女学生。嬷嬷意味深长道："按我们做项目的惯常思维，主妇这个项目需要重新定义了，你也已经在重新定义了，还需要主动去定义。"

小田眼里的嬷嬷则是个女强人，虽说平日里嬷嬷也作御姐范儿，说到女强人，嬷嬷倒不觉得自己是，她谦虚道："我心目中的女强人不是我这个样子的呢，我只是把工作当玩儿，吭哧吭哧乐此不疲而已呢。"

那嬷嬷心目中的女强人是什么样子的呢，嬷嬷倒也不会联想到简欣，简欣更像是她的精神依赖。嬷嬷觉得二纪才是她想象中的女强人，嬷嬷知道自己永远也做不到二纪那样，不过她也知道"我嬷嬷还不是有滋有味很满足呀"。挂了小田的电话，想到与小田的种种，嬷嬷下意识地给二纪拨了个电话。

嬷嬷知道二纪忙，不常给她电话，不过一旦聊上电话，忍不住又是一阵嗨聊。也说到小田，没想到二纪说，她也有想过换个门打开。嬷嬷大为惊讶，说："你这样的学霸工作狂怎么可能有换个门打开的想法，如果欣姐这样想我不奇怪，她一向入世起来很接地气，但她骨子里一直有一种出世的自我在。"

"活出什么样的自我，可是由什么样的自我决定的。等我做到没有探索空间、没有挑战空间时，换个天地探索很正常呀。"二纪还是那样轻描淡写。

户主及执行户主

如果说简欣爱跑题的话，嬷嬷这次龙门阵就跟迷宫跑道一样，狂聊一刻钟之后才说到她打电话的目的。之所以迷宫，是嬷嬷心里本能地维护着自家杰铭，杰铭是她自我的组成部分。嬷嬷仿佛随口问问似的跟二纪打听，如果杰铭去二纪那里能得个什么职位，什么薪资，发展方向怎样。挂了电话，却听到杰铭说："谁说我要换工作啦？"

嬷嬷椅子转过来，发现杰铭在她背后，手里拿着一杯咖啡，诧异地看着她。再看杂物盒不见了，办公室不见了，她正坐在杰铭的椅子上，在自家地下室，杰铭的工作游戏室。嬷嬷道："我家杰铭又变什么魔法啦？"

"会变魔法的是我家嬷嬷呀，上次施碎碎念魔法把我送去德国的，不就是我家嬷嬷呀。煮这一杯咖啡的工夫，发现嬷嬷又想把我往哪儿调遣了。"

"上次二纪来说她那边工作的事,你是不是动心了?二纪做得那么好,你是不是也想做得更好?"嬷嬷仰头看着杰铭,突然觉得杰铭中年态了,没有秃头没有肚腩,不过已是个有家累的男人了。

"嬷嬷呀,人家二纪是有创业基因的,我是被你逼着去德国念书的,咱不能跟小纪二纪比呀。我在大企业大团队挺好的,我上次说的换工作是我们要上全自动生产线了,我还是有用武之地的。"

"那么,你是不是被我管烦了?我都已经很克制自己了,我都下了几次决心一定要让你当户主了都。"嬷嬷一副可怜巴巴的样子,她该示弱时很会示弱。

杰铭笑了,放下咖啡杯,道:"嬷嬷,户口本上我是户主,你执行户主,咱俩都户主,户主听执行户主的。咱俩从大学谈恋爱开始,我不是一直被你控制着过来的嘛,如果我不喜欢被控制我早说了。被你爱着控制着不是挺好嘛,没你控制那就像开车没系安全带一样,空落落的呀。我先表态,如果我这边全自动生产线做不好,执行户主可以把我调遣到二纪那里去。"

"那你这段时间为什么一直闷闷的?你工作不快乐吗?我工作不只为吃饭,我工作也是吃饭,你现在也是这样吗?"

"我有闷闷的吗?我工作也是吃饭呀,吭哧吭哧乐呵着呢。还有呢,在家听嬷嬷调遣也乐呵着呢,我哪天不是满格待机呀,哪天不是8核动力给你打下手呀,带娃上手我不是比谁都快嘛,当然,除了你嬷嬷。"

"可是我怎么老觉得有暗流,Wi-Fi[32]缥缈。那你每天一个人躲你的游戏室那么久做什么?明知道小蟠桃现在奴隶主似的需要各种伺候,明知道现在家里缺人手。"

"心理建设,心理建设你知道吗?嬷嬷!嬷嬷的帅老公在吗?在。蟠桃爸在吗?在。喂奶工程师在吗?在。换尿片工程师在吗?在。摇篮工程师在吗?在。嬷嬷妈的实诚女婿在吗?在。总动员集结成团,才能上楼冲锋陷阵呀。"

"你这是打仗吗?"

"还有别的更贴切的形容词吗?嬷嬷!"

"承担——户主——责任——"嬷嬷说道,她一把抱住杰铭,忍不住眼泪花都出来了,"还以为你出什么事儿了呢,担心死我了。以后不许心理建设集结那么久,现在充电器都快充了。所以你自己说的,控制是对的,不控制没法过,是不是?所以逼你去德国念书也是对的,一次到位买大房子也是对的,是不是?"

"杰铭向嬷嬷保证,保证以后快充集结,自觉团结在嬷嬷的 Wi-Fi 范围。当然,嬷嬷都是对的。要不是嬷嬷逼我去德国深造,我再想疼嬷嬷也不敢下大房子的单呀,买大房子可不比买个玉镯子呀。现在咱家经济吃紧些也不是问题,会慢慢宽松的,咱家会慢慢变得有余粮的。"

"买玉镯子时你还不是没钱呢。"嬷嬷娇娇道。给嬷嬷买玉镯时杰铭还没有毕业，嬷嬷试手镯假装褪不下来，被杰铭直接揭穿了，说"嬷嬷你好歹是搞创意工作的，这么老掉牙的梗，你也好意思用"，不过过了两天杰铭还是悄悄给嬷嬷买回来了。

"所以那时咬咬牙只能给嬷嬷买只玉镯子，牙齿咬碎了也不敢下单背这么大块房贷，所以幸亏嬷嬷逼我去留学深造呀，不是吗？"

嬷嬷破涕为笑。想起来了什么，抹抹眼泪，环视四周，说："我也差点打了一仗，后来比比装备就不打了，龙门阵和平收官。也不知道怎么去的，也不知道怎么回来的，反正搞定了局面。"

嬷嬷的龙门阵

完了嬷嬷拉着杰铭的手,小心翼翼地拉住那扇门的把手,又放开。回头看看杰铭,又一鼓作气伸手打开了那扇门,出门发现他俩已经在自家客厅里了。嬷嬷拉拉杰铭胳膊,欣喜地看了他一眼,然后直奔小蟠桃了。嬷嬷从来不觉得自己多喜欢小孩,生小蟠桃也是完成任务,第一次离开小蟠桃两小时,居然发现自己牵挂小蟠桃得紧。嬷嬷逗着小蟠桃,念叨:"生了个奴隶主,又不想当奴隶,喔哟喂——"

不想嬷妈接话道:"所以只有我当奴隶,是不是?"

"蟠桃外婆,哪有,这不是给您找到保姆帮手了吗?"

嬷嬷心想,幸好只是被妈妈听到了,婆婆在时一定不能说漏嘴,跟婆婆说话得要多大的情商呀,唉。婆婆其实是被气走的,虽然大家都没有说破。婆婆生气的理由看起来也不是理由,不过很多个不是理由加起来,就成为理由了。比如今天这样说话，就可能把婆婆冒犯了。按嬷嬷的话则是，还没有形成官方发言，婆婆就分分钟接收信息了。距离太近了，安全区交叠，难免会磕磕碰碰，互相踩雷。

婆婆回去后可能又自感失礼，所以时不时还要来电话寒暄一下。这时，婆婆又来电话了，嬷嬷当然要一五一十地告诉她小蟠桃情况，那边婆婆可能说，需要帮忙再说一声，嬷嬷说："不用了，蟠桃外婆在呢，只有麻烦外婆里里外外一手抓，反正外婆就喜欢带娃，我正好腾出身子去上班呀。"

却听蟠桃外婆说："你不是给我找到保姆了吗？"

电话那边婆婆听到了，会意道："找了保姆了嗦。"

"是呢，人还没到呢，是小田给找的，据说还不错……"

那头挂了电话。嬷嬷回身跟自己妈妈使眼色，压低声音道："那边听到了，妈妈晚点说话不行吗？婆婆在这儿这么多天可是没保姆的呀。"

"之前你不是没上班嘛，之前我也不是故意不来，我在你哥哥那里分不出身不是吗？"

"妈妈，话不能这么说，妈妈和婆婆都亲，对婆婆可是要讲礼数的。妈妈，我跟您可是亲密无间的呢。"

"我从你哥哥那里来的，我怎么不懂。礼数的不礼数的，我们还不是都自觉自愿为你们撑着呢。不过你跟你婆婆说话像涂了蜜一样，跟我可没这么甜过。"

"妈妈，杰铭跟您说话还不是涂了蜜一样，您来之后杰铭周末就没睡过懒觉，哈哈。您看您女婿杰铭多好，您看您女儿嫁得多好。"接着，嬷嬷自我调侃道，"这个，这个，杰铭妈妈将来也会承认杰铭娶了个宝。哈哈。"

"知道嫁得好，知道娶了个宝，相处还不是得磕磕碰碰磨合。"蟠桃外婆人间清醒。

"妈妈您又当婆婆，又当岳母，甲方乙方丙方丁方都当过了，所以说出来的话句句真知灼见，句句都贴心哪。不是说求同存异嘛，该近的时候近一点，该保持距离的时候保持距离，您也知道我们都妥妥的，都过得好着呢。"

嬷嬷记得伊佳说过，最幸福莫过于最爱的人和最好的朋友都妥妥的。嬷嬷想说，我也没有多大的理想，不过我得要再加点，我只希望我的爱情、亲情、友情，还有工作、还有自我都妥妥的，我就满足了。

杰铭用手机遥控着摇篮，这是他为蟠桃特制的，不知调成什么模式，感觉摇篮在跳舞，蟠桃也在手舞足蹈。嬷嬷看着父女俩，开心笑道："没想到今天我也复盘了一次，不知道欣姐和伊佳是不是这样复盘呢，眼观鼻鼻观心，我是谁，我要什么，哈哈。前些天就像是新手开车那会儿，感觉拖着庞大的肉身在行走，不过现在觉得是庞大而轻盈的肉身，不知这是不是欣姐说的从大明白到大自在的距离。杰铭你看过跳着舞行进的阵营吗？是嬷嬷的龙门阵呢，我要hold住我的阵营，我要我的各阵列都妥妥的。哈哈。"

杰铭的昨天

想象着自己的跳着舞行进的阵营，嬷嬷兴奋不已。晚上多做了好几组恢复运动，没有叽叽歪歪说自己难恢复，各种"喔哟喂"。吃饭喝汤也香了很多，平时多少觉得有点腥的鲫鱼汤，也连鱼带汤全吃了，没有觉得自己是被迫给梦工厂下料，也没有一边吸奶，一边控诉自己被榨干了。睡觉时还在兴奋，双手向前平举着在床上左右翻腾十几次，跟汽车雨刮器一样。也没有抱怨杰铭又不在身边，或者说意识到杰铭不在身边，已是一觉醒来之后。

一早要上班呢，杰铭又熬夜干啥了呢。嬷嬷心里嘀咕着，抓了件袍子套上去找杰铭。转过身发现自己已经在地下室了，还发现另一个自己坐在椅子上，杰铭手握咖啡杯站在另一个自己对面。

嬷嬷吓得一激灵，低头看了下自己，还穿着起居袍呢，心想：啊，那我是谁，杰铭还玩分身术吗？

却听到那个自己说："我家杰铭又变什么魔法啦？"

"会变魔法的是我家嫫嫫呀，上次施碎碎念魔法把我送去德国的不就是我家嫫嫫呀。煮这一杯咖啡的工夫，发现嫫嫫又想把我往哪儿调遣了。"看到杰铭答话，看到他答话时眼里满满的爱意。

"这分明是昨天下午的情景呀，我家哪个门还能去到昨天下午，"嫫嫫心里感慨道，"这么美好的画面，原来我和杰铭是这么美好的一对！都说念念的爱情文艺，都说二纪的爱情传奇，就我嫫嫫像个爱情的看守员，其实我嫫嫫的爱情才文艺传奇呢。昨天还跟蟠桃外婆说，我是嫁得好，杰铭是娶了个宝，没有比这更贴切的爱情说明书了。"

正想着，突然感觉有点不对，感觉杰铭有意用身体挡住身后的笔记本电脑，电脑上好像正好有一封电邮。谁的邮件？说的什么得这样神神秘秘？嫫嫫不禁想走到电脑跟前去看看，不想前面仿佛有玻璃墙挡着呢，手指触碰间，仿佛在触摸屏上扒拉了回退，发现地下室里另一个自己不见了，杰铭一个人。看杰铭电脑上的时间，是自己还没有到地下室的时间，那个邮件是他的工作邮件。

邮件是给杰铭的回复，大概是说，你的建议很好，不过上面已经定调调了，不可能报再大的预算了。可是上面杰铭的去信明明说了预算不需增加，并且运营可以节约大量成本。

杰铭还附了好几个压缩附件，好像是把几个自动化生产流程缩短了。

估计是杰铭那个所谓铁哥们上司为难他了，估计是他自己能力 hold 不住这块，要做这块的话杰铭就突出了。嫫嫫越想越是心疼自家杰铭，换位思考道：虽然项目体量没法比，不过如果吴戟在场地方案上提这么好的建议，我是不会卡他的；我自己对场地监理这块不在行，可是会实实在在让吴戟独当一面的，还死活给他要到一个职位。

再看杰铭，蹲着在玩蟠桃的小火车，小火车一圈又一圈耐心地跑。在杰铭的注视下，小火车跑着跑着，仿佛诚惶诚恐起来。嫫嫫笑了，在我家自动化工程师杰铭的审视下，小火车怯场啦。

却见杰铭站起来，嘴里嘀咕道："走闭环，还是原地转圈圈？"

杰铭上次不是这么说的，那天嫫嫫的弟弟送小火车来时，大家都笑说是给大孩子玩的。嫫嫫弟弟拆了包装在客厅安装起来。

嫫嫫调侃道："你这得转多少圈，你家外甥蟠桃才长大呀。"

杰铭顺口捧哏道："这不是转圈圈，这是幸福快乐无限循环呀。"

显然幸福快乐可以无限循环，遇上艰难险阻可就得赶紧突围，不然就成了原地转圈圈了。嫫嫫正感慨呢，见杰铭转身正好与变形金刚对视,他质问道:"没有自己生活嘛,一天到晚保护地球。士为知己者死吗?"

嫫嫫差点喊出声来:"好心疼我家杰铭,你也不想想,要你死的是知己吗?"

她突然想到,杰铭好像跟她说过,他觉得二纪在管理的路上走了太多,他自己蛮享受技术的乐趣的,不过不搞管理,少了很多能动性,也连带少了很多技术的乐趣。看她一门心思忙着蟠桃,所以杰铭就没再说什么了。都说娃是婚姻的纽带,结果有了娃,两口子都没有时间说话了,他憋在心里是有多苦闷。

这跳着舞行进的龙门阵可不是那么好驾驭的呀,唉。

附　录 ｜ 故事1　嬷嬷的龙门阵

小田的包袱

　　嬷嬷感慨着，拢了拢袍子，深呼吸，再抬头。杰铭不见了，地下室不见了，眼前变成了榻榻米小房间，榻榻米上坐着愁眉苦脸的小田。嬷嬷好奇地打量小田的半亩地，感觉小田经营有方很温馨，不过能看出来是有娃的家庭。一旦有了娃，家里就会迎合儿童需求变得五彩斑斓，彩色的家，是有娃家庭的氛围感。

　　小田正用大娃的手工彩纸简单地折叠，一节一节地拼接，折成自己小时候玩的手环。与小时候不同的是，彩纸背面满满都是她刚刚的涂鸦，或者说是顺手写下的心事。拼接了几个手环，戴在左手腕晃了晃，然后又一片一片地摘下来，一片一片地打开，审视着自己的心事，就像接龙抖包袱一样。

　　她记得她参加工作后的人生就是"挣钱，然后花钱"。她父母也乐得她花钱，觉得女孩子就该花钱打扮得漂漂亮亮，做个，做个女结婚员。

结婚后，双方父母给存的彩礼嫁妆全都付了首付，花钱也不自由了。幸好不久一抖包袱，老公升职了，有了所谓的事业，然后再一抖包袱，有大娃了。

作为一个乖乖女，一直被管理着，婚前难得穿插一个短暂的任性花时期，很快接入不得不算节支算开销的永久时期。她发现，算节支算开销时，这才算管自己了。然后，发现花钱变得越来越复杂，越来越需要担当了。明明给自己花钱份额越来越少，却还常常自嘲这样那样给自己花钱算不算贤惠。她老公并不克扣她钱，她只是时不时这样踌躇。用着她老公的副卡，她似乎都能听见她老公手机上银行短信的声音。

后来她意识到，不知道家底才会这样诚惶诚恐。她这才着手清家底，算收入支出。她老公并无二心，只是小公主太好忽悠，忽悠小公主忽悠惯了，冷不丁小公主要管账，他明显激灵了一下。

被管理着，被她父母保护着，没遇到什么大不了的不顺心。与她老公，也一直感觉被保护着，她觉得一切理所当然，不过清清家底，他眼中的仙女小公主终于遇到忤逆了。交涉之后发现从一个坑跳到了另一个坑，不知她老公怎么绕给她绕进去的，如今老公给的家用只管柴米油盐，倒是有了固定家用，感觉比副卡都不如。

小田的父母都还没有退休，所以一直是出钱不出力，两次月子中心的费用都是她父母给出的。小田觉得成年前靠父母很正常，成年后应该靠自己靠老公，这儿明明摆着一个所谓事业有成的老公，他却谈钱色变。谈恋爱时，小田一个委屈脸就能搞定各种事，婚后本来还一直奏效，关键时刻掉链子了，慢慢就失效了。

榻榻米与客厅之间没有隔断，小田的位置可以一直看到客厅那头的厨房。宝宝睡了，保姆在清洗婴儿奶瓶什么的婴儿用具。小田看了看正在忙碌的保姆，自嘲道："现在还是家庭管理师，等两个月后保姆一走，就是自己管自己了，家庭管理师兼任家庭清洁整理师，还兼任厨师、温奶师、换尿片师，喔，还是乳母梦工厂。人家保姆还能理直气壮要求专业对口专人专岗呢。"

自称"家庭管理师"是被那个职业女性保姆逼出来的，当时她气鼓鼓地跟她老公说："改天我去考个家庭管理师，有职称的，算不算职业妇女？"

家庭管理师这个梗就这么一直沿用着。想到家庭管理师这个称谓，小田从旁边斗柜取出账本，这难得的空闲片刻，家庭管理师小田翻看计算着各种花销需要的钱钱。这个账本用的是包袱式列表记账法，她某天负气这样记了，她自己看看都觉得搞笑，不过连她自己都觉得幼稚的抖包袱，却能宣泄别扭和负气，所以一直就这样记账了。

比如这次大娃的培训费，包含着有的没的其他比较大额的花销；再比如家里水暖改造费里，包含着她心仪的各种厨房小电器。她称之为包袱，总账是包袱，一抖落便是她的明细账。之所以有明细账，其实是她拗不过自己天然的诚实。

正闷闷不乐呢，前保姆电话来了。前保姆居然被雇主辞退了。小田潜意识里一阵幸灾乐祸，面部表情也从愁眉不展变到眉开眼笑，但是毕竟乖乖女善良和修养的本能满格，没有回敬一句话解气，甚至没好意思刨根问底一下。紧接着就给嬷嬷电话了。

见她给自己打电话时表情都那么乖巧，嬷嬷心想：我可做不到小田这样的心无杂念，等保姆到了我家，我可得问问犯啥事儿了被辞退，可别在我家又犯了。

她下意识地又想往前去，还是玻璃墙，她道："敢情过往只能审视，不能再掺和，幸好不能掺和，不然穿帮好尴尬。"

跟嬷嬷通完电话，小田不禁想到上次嬷嬷说的项目管理法，心想要不我换项目管理法试试看。没想到换了项目角度，眼前真的渐渐清晰有条理，不再混沌了。之前是身在其中烦恼，现在是抽离自己，看项目。就好像之前每天下班常常不自觉地就把车开回家了，现在是看地图看导航，审视着修正着，目的明确。

这时，她老公大宏带着大娃从培训班回来，道："去了两次了，才发现培训费没那么贵呀。"

"我也没说培训费有那么贵呀，账本给你看看，后面有

'及杂七杂八'五个字呀。"小田一脸无辜，仿佛是郁闷之后的爱谁谁。

接着，小田又拿了个本子出来，道："其实我记得很详细，也就我有这个时间这样记账。之前你不是总调侃我学企业管理的，结果在办公室里打杂。现在我管家了，不再只打杂了。是我家教育有问题，让我总是缩手缩脚，幸好嫘嫘姐告诉我，家庭管理也是项目管理，我现在在做项目管理呢。我不想给自己压个不合时宜的道德标准，我不是伸手族，伸手也是理直气壮的家庭分工。"

他见她侃侃而谈，脸蛋红扑扑有点小激动，调侃道："今天怎么啦，愤怒的小鸟？"

"你不爱我了吗？你不爱这个家了吗？你不是说过男主外女主内吗？还说工作那么忙，不就指着养活老婆孩子吗？所以我这主内的也得主起来呀。"小田开始上纲上线了，不过仍然轻声细语，表情情真意切。

"你不是说我是你的主心骨吗？你现在要主什么呀？"大宏虽然还是嘴硬，心里却已经妥协了。

小田意识到她老公差不多被说服了，赶紧撒娇说："你同意了哦，你同意了哦？你好歹也是个总，家里琐碎正好权力下放，你正好也可以管管我呀，教教我呀，我得从办公室职业妇女到家庭职业妇女过渡呀。"

"工作为了吃饭，工作也是吃饭，工作还为了养活老婆孩子,周而复始。快乐就是幸福无限循环,不快乐就是转圈圈,所以哪一环都得快乐呀,不然这辈子就白转圈圈了。"嫫嫫这样想着,顺手扒拉玻璃墙想回去。

二纪的一方天地

嬷嬷扒拉着玻璃墙，发现没有回到地下室，居然扒拉到二纪家了。小纪二纪都在家，正在吃晚餐。嬷嬷知道二纪什么菜谱都背得出，就是不爱做菜，他们家小纪掌勺。再看小纪做的，有香烤的孜然羊排，有酸甜口的松鼠鳜鱼，还有慢炖的菌菇鸡汤，还有油绿的小菜，低调家常又精致。这小纪是上得厅堂下得厨房呀，看来二纪真的是有福气。喔哟喂，我家杰铭从来没有这样做过，根本指望不上。不过，转念一想，给做泡面就很好了，嬷嬷想着，不自主地笑了。

她见二纪道："那时，我是什么题都能做，很享受没啥难得倒我的飒爽；他是热爱做题，简直沉迷在数理化里，他才是真爱呀。现在发现，他的人生仿佛更正确，我这么一路顺风顺水过来，反而感觉迷失方向。"

"这是说杰铭吗？她是不是跟杰铭通过电话了？"嬷嬷猜

测道。

却听到小纪说："逢山开路，遇水架桥，你什么都能，找一个最热爱的，反而不容易。二纪呀，看来你需要挫折体验。"

"我在你家吃面，吃成VIP，这件事都成了典故了，其实并不是那么随便碰巧吃成VIP的，是因为你家面好吃，更重要的是有你这么个陪吃陪聊会加菜的同学。我不是什么事情都蒙头向前冲的，可这次真的有点猝不及防。"

"帮这家公司解决了问题，然后就留下了，这个好像的确不是你的风格。但是你要想好了，毕竟做到次高层被人抬举惯了，跳出来就会空落落的了。"

"其实我很羡慕嫫嫫呢，她吭哧吭哧一个一个目标拿到，房子孩子位子都有了，工作上一个项目一个项目地攻克，整个人生有滋有味。"

"你上次还羡慕面馆小二呢，说看他们慢慢存够首付，满脸幸福表情，让你感动了好几天。让我告诉你吧，你的未完成空间还很大呢，够得你去吭哧吭哧去积累去完成呢。"

"好吧，你不用每次都这中肯好吧。哈哈。"

嫫嫫没想到二纪还能羡慕自己，心想我们大家都在羡慕二纪，二纪自己却不满意，二纪这是独孤求败吗？继续听下去，却不是这样的。

"其实是有一点倦意，这也是我没有热烈地拉杰铭入伙的原因。大家都以为我去了个小公司，这里什么什么都我说了算,其实这里不算小公司,我发挥空间也很有限,做到这个位置也不能像杰铭那样时不时可以任性地轴一下。当初之所以同意参加项目解决问题,只因为这里是大型食品加工设备供应商,听到食品加工觉得亲切呀,因为你在搞食物链嘛。总之,做当下是没有问题,一谈到未来发展,就不对味了,现在才理解到热情被一点点剥离的感觉。还是你们一伙人创业当小白鼠比较快乐。"

不想小纪却说:"公司只管当下,对我们家来说是好事,你们要是忙完当下忙创新,忙完创新忙长期战略,你可就不能天天这样正常回家一起吃晚饭了。"

"你可没有天天正常下班呢,也不是每天像今天这么有时间给我煮饭煲汤的,"二纪没好气地笑道,"公司明显有设备制造优势,却舍本逐末到生产商饱和的小家电去掺和,明显走不远的未来,唉。真这么安于早下班就好,到时公司做不下去了,高层个个都有责任,还要连累下面员工没饭吃。"

她这么一说,嬷嬷想起来月子里二纪来看她时的情景,说到他们公司小家电,的确只是那么泛泛一说,原来二纪并不认可这个,只是不得不与公司步调一致,这对二纪来说的确勉为其难。所以说的人和听的人,理解常常是不一样的。

末了,二纪突然幽幽地说:"阳帆的食物链里有念念,你之前的规划里是有我的,你还不是被阳帆拉进他的规划了。"

嬷嬷捂着嘴,不让自己笑出声来,没想到二纪也有这样的幽怨腔调。

"食物链工作性质不一样,这链子呀——长。各个点要跑,不过现在也不是天天跑了。说起来念念最辛苦,她在岗时间最长,但她乐在其中,觉得这就是她的生活,还可以每天乐滋滋等阳帆接她一起回家。你不想做了,就别勉强,回来休息一阵子,然后到我们食物链里来做小白鼠吧。你来我们食物链咱俩节奏也一样了,咱也一起回家。"

二纪感慨道:"念念一句'一个男人和一方天地'像魔咒一样把我们全蛊定了,竟没人逃得出这个魔咒,嬷式'喔哟喂'。"

"二纪啊,不是魔咒,人生就是这个样。"

这"嬷式喔哟喂"把嬷嬷给逗乐了。她感慨是个女人都要撒娇要幽怨要喔哟喂,就跟我们每个都要遇到工作难题、生活难题一样,这么优秀的二纪也不例外。

小屯的钝哲学

嬷嬷猜到再扒拉玻璃墙会去小屯家,果然到了小屯家,想想自己这么料事如神,嬷嬷笑得花枝乱颤。"焦虑什么,杰铭就让我去看看,肯定是这样的。"她很笃定地想。

小屯和吴戟也在吃晚餐,吃的是芭比小火锅,另外还配了剁椒凉粉、哈密瓜果切,还有红糖豆粉糍粑。嬷嬷心想:"外卖晚餐还是很有腔调很有生活气息的呢,有麻辣香锅,还有甜品,我家可借鉴这个,哈哈。"

却听吴戟说:"没想到嬷嬷这么快就回来上班了,我没有说实话,我跟她说那个项目黄了。她听了好像很是松了一口气,接着又想掺和进来,说帮我去交涉。"

"你还捂着你的项目呀?你什么事都跟我说的,现在怎么开始藏着掖着了?"小屯也没想到,吴戟在她这个包打听手下还能这样捂着。

"你原来什么事都支持我的,现在开始胳膊肘往外拐了,说了你不支持有什么用。"吴戟怨气满满。

小屯也被逗笑了,她给他解释:"我看还是把嬷嬷拉进来一起做才行,现在项目都得招标了,财务部每次都有派人参加招标方案工作的,我是知道的。有关系当然好,不过只能是加点分,整体工作吧,嬷嬷肯定比你在行,这点你比不过她的,所以不如早早与她统一战线。"

小屯显然对吴戟的"抢位说"不以为然,她觉得项目分着吃,反而能吃得到,并且吃更多。她还举例她父母农产品加工公司,说当初大公司进入,他们好几个乡亲愤愤不平,认为对方并不是什么大公司,平起平坐的,凭什么被合并,纷纷分出来自立门户,只有她父母同意只要股份,退出管理。结果现在只有她家稳稳拿分红,收入比自己干的多到哪里去了。

"你说的道理我都懂,你自己不是也在考职称想升职吗?"吴戟还是不服气。

"我跟你不一样,年轻时学习不用心,起点低,不过我这行是可以一级一级地考上去的。自从欣姐要回公司那半拉,会计出纳也合回去了,我接触更多工作,也学到更多了,发现自己有很大的潜能,我做着做着越来越喜欢这一行了。我的特长在这里的呀,你呢,嬷嬷说准你的特长了呀,并且她没有亏待你呀,我怕你硬掰不拿手的,做不了,还把拿手的弄丢了。"

小屯继续说服:"你想想,你自己说过的,欣姐只夸过你展位场地装修装饰工作出色。你当年帮我那个单人小户型找的装修公司你记得吧,人家也是夸你监理专业呢。"

"你还打听过我呀,"吴戟先是有点恼,接着有点开心,道,"所以你才对我另眼相看是吧?"

"当然不是,不过有积累到'一片'好印象。"

"就一薄片吗?"

"隐形眼镜片那么薄,不过就是看多一点优点,你别自恋了,哈哈。"小屯吃了一大口肝片,咀嚼着,然后继续说,"咱俩怎么好上的?告诉过你的,当时觉得嫫嫫和伊佳对你的塑造不够,我亲自下手把你捏巴适了,不过捏塑升级过程中,觉得你的潜质比她们想象的好,哈哈。我觉得我自己也比她们想象的好呢,好很多,现在证明,哈哈。"

"你跟她们仨学得一派大女主作风,我还不是想做年轻有为精英派,可是你嫁我时,全体人民都觉得你找了个不靠谱的人,你爸妈干脆当我是使唤杂工。经济收入决定家庭地位不是吗?我压力这么大,你也不给包打听一下。"

"帮我爸妈跑腿,难道不是因为你爱我吗?"小屯边吃边用大眼睛打问号。

嫫嫫心想:吴戟可能太需要表扬了,虽然他自己定位有点问题。平时大家插科打诨,一直把吴戟当作可以损损的角色,想着男同胞比较经得起敲打损,没想到人家内伤着呢。想想她们几个跟吴戟说话,多少都有点说教痕迹。幸好有小屯,没想到小屯这么能讲、这么耐心,平时可看不出。看来吴戟真的是小屯捏出来的,他俩都觉得自己被低估了,感同身受、互相认可,所以才走到了一起,看来被认可是最好的良方。

吴戟没吃几口,然后一边跟小屯说着话,一边双手在手机上打着游戏。末了,小屯一把夺过手机帮他继续打游戏,碰碰他肩头撒娇道:"洗碗去。我做的晚饭,你洗碗,不算打杂哈,算分工。"

"你就只蒸了米饭,其他可都是外卖。"

"可是我等了你这么久,等的时候都热过了。再说也就洗两个饭碗和电饭煲。"

吴戟乖乖去洗碗。嬷嬷笑得直不起腰来。

新的一天

嫫嫫正笑得不行呢,却听见杰铭说:"你不是今天上班吗,还不起床?"

杰铭的公司比较远,一向都是他起得早,走时喊嫫嫫一声。嫫嫫挣扎着起来,整个人有点蒙。好一会儿才回过神来,自嘲道:"原来蟠桃交给外婆,妈妈可以这样酣睡,还四处打望了一圈。"

嫫嫫赶紧收拾收拾去公司,刚进办公室呢,吴戟跟着就进来了。他尬笑道:"嫫嫫,昨天最新消息,那个,那个项目没黄,不过得参加招标竞标。"

嫫嫫回头审视了他一下,笑道:"小屯给你做工作做通啦?"

"是的呢,小屯说,嫫嫫姐统筹安排竞标比较靠谱,她与你们是一伙的,她一贯都向着你们的。"

"我们大家亲眼所见,小屯可向着你了,上次欣姐和伊佳问那笔装修工资支付的事,小屯跳出来,可义愤填膺了,可维护你了。"嬷嬷还是笑嘻嘻的,说的是真心话,面部表情却是硬生生管理出来的。

"是吗?是吧。"吴戟满足地笑着。

"我们也维护你呀,小公司,更像一个大家庭,咱们一条船上的,所以上次为你争取监理岗位时,欣姐也说应该给,大家都有盼头才好。"嬷嬷赶紧争取信任分,然后加了句,"我昨天不是又苦口婆心给你说了一遍嘛,看来只有小屯说话你才听得进去,哎哟喂。"

"嗯嗯,是是,小屯让我也跟嬷嬷统一战线呢。"

吴戟走后,嬷嬷不再表情管理,心事重重,自言自语道:"好像不是梦呢,真是担心杰铭呀,不知他今天怎么样。"

上班第一天当然要与简欣碰个头,说完工作又多聊了几句。说到吴戟,嬷嬷忍不住道:"听说当年Tonny的姑妈有鼓励过吴戟,有暗示到可能给他职位,是吗,老太太这么昏庸吗?"

"当年那个情况下,老太太鼓励一下也很正常,给整个闲职也可以说正常,不过你知道的,当时就改绩效提成了。"简欣笑道,"其实吴戟不是你的对手,你一直是清楚的,不过另有一个姑娘倒是想来接手你的工作,她的确跟你一个量级。我把她安排到另一个适合她的职位了,我要的是效率效益,我希望你们的能量都能够最大限度发挥,而不是争斗做减法。你得好好努力证明我不是昏庸,哈哈。"

嫫嫫叹气道:"你知道我不只是记挂自己,我还记挂杰铭上司什么管理逻辑,唉。"

简欣笑着安慰她道:"你家杰铭那边应该也不需要担心,你家杰铭属前方系统,也是直接关系到效益效率的,任何公司没人敢在这块动手脚,能动手脚的,应该是些不痛不痒的部门。"

好不容易等到中午,嫫嫫正想给杰铭电话,小田来电话了,告诉嫫嫫保姆下午就到,还忍不住告诉嫫嫫:"今天起床发现我家大宏把工资卡和密码放床头柜上给我了,还手写了话说'从今天开始你晋升高级家庭管理师了'。"

"写在彩纸上吗?"

"是的呢,嫫嫫姐你猜得真准。"

嫫嫫心想,你家彩纸泛滥,我都不用猜。电话那头小田一团欢喜,开心道:"嫫嫫姐你不知道,昨天我借鉴你的项目管理法把家庭管理项目理了理,把这管理家庭财政的事儿跟大宏说了,论点论据、撒娇要赖都用上了。昨天他还磨磨唧唧没有妥协呢,看来项目管理法真心有用,所以我今天真的主管半亩地了。"

小田又道:"感觉自己变得有心机了,帮自己圆话说,只是管理,一心为家的管理,哈哈。嫫嫫姐,我之前是不是懵懵懂懂、笨笨的?"

"对于不珍惜你的人,那是笨笨的,对于你家大宏来说,你是聪明的。在自己家里还要设防斗智斗勇,那要婚姻做什么。该瓦解的壁垒被你瓦解了,该傻白甜时你也傻白甜了,你们大宏找到你,肯定是他上辈子拯救过地球了。"嬷嬷帮她圆话,语气里是发自内心的疼惜。她一方面是想着小田这样单纯的,现在的确稀少了;另一方面想着连小田这样单纯的都知道,管上钱了才算真正主管半亩地了。

挂了电话,嬷嬷觉得必须得打电话问问杰铭,不然自己这一天都过不好。果然打过电话之后,嬷嬷终于不再神不守舍了。原来,杰铭的上司终于约他面谈了,没几句话,却彻底打消了杰铭跳槽的可能。他说:"我知道你强,也知道你在方案会上给我面子,咱们公司这么大的项目不是每个公司都上得了的,别等到就快见曙光了,却闪了。"

并且,杰铭的曙光不是快来了,而是已经来了。因为大项目优化不是杰铭一个人闷头能干的,他得跟其他伙伴们沟通衔接匹配,伙伴们都挺认可杰铭的,悄悄为他抱不平,上面多少有些耳闻,没有公司会跟自家创新优化甚至效益利润过不去。所以杰铭的平台,是会给的。

嬷嬷如释重负,恢复神气活现。荣升辣妈后的第一个工作日,平顺如意。下班回家时,保姆已经在家里了,就这半天工夫,蟠桃外婆直夸保姆干活利落,看来跟雇主相处这件事还是做得不错的。

于是嫫嫫问保姆："你不是没档期吗？"

保姆不动声色地笑道："嫫嫫姐不是知道我被辞退了吗？"

原来保姆上一家雇主极度重男轻女，大娃是闺女，二娃是儿子，初生的婴儿也是儿子。每次炖鸡汤，二娃也得一只鸡腿，然后大家都夸夸大娃谦让就过去了。保姆想着雇主家做生意的明明经济宽裕每天吃鸡，怎么着轮也得轮到大娃呀，于是就悄悄把另一只鸡腿匀给大娃了。女主人吃了几天无腿鸡煲后发现了，居然把保姆给辞退了。

保姆说自己家就是重男轻女，所以不得不早早出来干活，供哥哥和弟弟上学，说"我知道你们都拿我那个'职业女性'口头禅当笑话，我从小功课不比哥哥、弟弟差，我读了大学还不是跟你们一样请保姆。你们要好工作、工作好，我还不是一样"。

嫫嫫感慨万千，想到现在保姆工资比她哥哥弟弟都高，的确是妥妥的职业女性，所以爱情亲情友情，还有工作，还有自我，都天然妥妥的当然好，不然就得像自己和杰铭，像她的朋友们，像这个职业女性保姆，去调整去修复，然后，然后才能 hold 住龙门阵各阵营各阵列，不见得都跳着舞行进，至少可以努力去实现幸福快乐无限循环。

故事 2
子珊的港湾

大草小草

大草还在呼呼大睡，再看女儿小草房间，小草也还在酣睡。子珊脸上弥漫着笑意，因这两棵草，她心情很好。子佩走了，小草终于留下来了，小草终于妥妥地留在自己身边，真实，不再是幻象。这些天，大草小草在家里闹闹喳喳，这是家里没有过的，是全新的感觉，子珊感觉整个屋子都焕然一新。

还有，每次子佩一走，子珊都有松口气的感觉。子佩在，总有一种家长的气场在，跟子佩在一起，子珊总有一种生怕做错什么的心虚。不过一有什么问题，子珊的确总是依赖子佩解决，从小到大，一贯如此。小时候主要是让子佩帮忙给她拿吃的用的，她知道父母在餐厅很忙，是顾不上阁楼里的她的。身体复原出了阁楼，便有沃能跟前跟后了，再然后就有陆辉了。需要子佩解决的则是沃能不能给解决的问题，是陆辉不能给解决的问题——基本是子珊不能解决的感情问题。最主要的是，没有问题需要子佩解决时，子佩一来也能发现很多问题。

比如大草庄大宇，子珊没有觉察过有什么问题，自然而然喜欢了，欢喜了。子佩一来，子珊仍是诚惶诚恐。子佩似乎一直不太同意大草，这次临走时却出乎意料地说："我觉得你们一家挺般配的，子珊，你幸福吧？"

在蜜罐里孤独长大的子珊，曾经几乎没感受过什么是不幸福。被呵护着长大，没让她操过什么心，不等她想，都送到她手上了。就像大草画中的她，向前走着，前方自然繁花似锦，每迈一步，前面分分钟自然汇成属于她的铺满鲜花的路。

子珊唯独没想到的是，前面也能汇成与沃能分手的泥沼之路。除了与生俱来的病，与沃能分手是子珊平生第一个挫折，拿着沃能留给她的公司也不知该怎么办，只不过没几天就遇到陆辉了，陆辉接手打理公司之后，子珊又完全不用操心了。看起来她基本没时间挫折，但其实是真的崩溃。那么坚决地爱她娶她的沃能，又那么坚决地分手，还带走女儿，这件事她几年都没能消化，没能化解那种错愕，仿佛脚下的繁花之路突变泥沼，她站在泥沼里束手无策。

那么爱子珊，却不想女儿成为子珊，甚至带着女儿离开子珊，这件事子佩也想不通，后来才慢慢理解，终于能谅解，最终还能理解庄大宇和子珊，为了子珊去说服葛沃能。子佩的感悟是，他们都以为自己爱的是子珊的美貌，其实真正的爱都是爱灵魂的，只不过以经典成功为理想、信奉经典功能贤妻的葛沃能很难与子珊心灵契合，把子珊供在神坛的陆辉，也根本不懂子珊，只有庄大宇才是子珊的天作之合。

按大草庄大宇的说法则是："子珊跟我是同类，她只是早出生了几年，她只是太先驱了，所以不被你们理解，如果跟我同年出生，就不存在理解问题了。"

"跟你同年都你这样的？你那些合伙人也都你这样的？"子佩一反问，大草就绕不下去了。

不过子佩觉得，大草与子珊真没有代沟，与自己这个子珊的妹妹，真有代沟。被葛沃能认可的监护人子佩，多少会对大草这样的，有一些警惕。在子佩眼里，大草仿佛悬浮液态状，仿佛没有细节猜不透的样子，不过看他的画，却是令人惊叹的满满细节！子佩又不得不推翻悬浮液态无细节观感，不得不反省说，他是不是只是在另一个频道看细节。不在一个频道，子珊也常常给她这个感觉。

子佩自嘲道："也许只是因为，大草和子珊那个频道的精彩，我常常看不到。"

不过转身对大草说话，子佩仍是针尖对麦芒的样子："你简直是把子珊掳走的。"

"子珊哪次不是被掳走的？"

"是的，有什么不同，也没见子珊跟你撒过娇。"子佩不由自主地用了念念的撒娇论断。

"你什么时候见过哪尊女神撒娇了？女神一向是不撒娇

的。有很多表情,有很多表情包的话,那还是女神吗?那是地表妞[33]呀!"大草坐在沙发上游离着身体,看到子珊,顺口说,"你看,子珊爱吃素,我也爱吃素。"

顺着大草的眼神望去,只见子珊正在拌一钵什锦沙拉。她穿着黄色大花丝质衬衣,与沃能分手时剪短的长发早已蓄回,顺手用同色系丝巾扎着,围着绿灰相间条纹围裙,沉静优雅。从子佩摄影师的角度看,整个画面高调,色泽饱和,子珊是广告片里的主妇,不沾油烟的那种厨娘主妇。

"得了,你还是吃回你的大鱼大肉吧,你要是改胃口,你俩长不了!"子佩作凶神恶煞状,恐吓大草,末了感慨道,"蹭吃蹭喝两周,就把子珊和我爸妈拿下了,跟吃不吃素还真没关系。"

"不是蹭了两周,是蹭了一个月。"大草很诚实,一脸无辜。这个大草,子佩会联想到早年的木村拓哉,有点卷发有点随意的样子,嘴唇永远像在嘟囔着什么,就是常常搞不清楚他在想什么。

"那我告诉你,两周就拿下了。"子佩只有说实话,明知会助长大草嘚瑟。

其实大草不仅蹭吃蹭喝,也画了一个月,每幅画里都是子珊女神。女神的确不怎么说话,只是略略颦眉电闪雷鸣,轻启朱唇繁花飞扬。最主要的是,每幅画的旁白句句打动子珊的心,句句让岳父母受用。

说起来大草应该是子珊的师弟，不过子珊毕业时，大草刚好幼儿园毕业。子珊的导师回国任教，子珊和陆辉去看望，正好这个小师弟大草也在。没想到知道子珊恢复单身后，这小师弟直追到英国子珊娘家来。子珊的阁楼很大，几乎是一层楼打通了，那一个月，突然变成了子珊画廊，走到哪都是子珊。

从小到大，妹妹子佩都像姐姐一样保护着子珊，这次居然没等她从异域拍摄回来，家里就定了子珊再嫁的事，子珊也没找她问意见。她知道大草的合伙公司其实蛮赚钱的，虽然不是大草管理经营的，不过因此大草画些个大话大饼，岳父母听着觉得还蛮靠谱。其实家里早早就给子珊备下充足的生活费了，完全不需要子珊去找个饭票，不过人们下意识里仍然认为，经济能力依然是衡量是否靠谱的重要标准，子珊父母也不例外。

"反正不会让子珊去卖冻鸡腿冻鸡翅。"大草这句话最让子佩欣慰，当然也深深打动岳父母。本来子珊家人也都认为给子珊弄那么个公司是故意作弄她，虽然沃能后来跟子佩解释说是为了锻炼她。

不仅如此，大草还承诺让子珊改画动画，一起工作，大家一下子觉得子珊这才算找对了生活的方向，这才是子珊该过的生活。这个承诺让子珊未来的幸福变得更加明朗，更让家人期待。

半年后，大草终于把子珊从英国接回来，子佩又帮忙把小草送来。说好两周后又带小草回去的，然而子佩心里犹豫了。

大草小草很投缘,不过大草画卡通动画的,说话也卡通动画,与小草说话像是一对卡通人物说话:"一花一世界,一草一宇宙,所以你是小草,我是大草。"

"哦,所以我是小宇宙!"小草很开心,做了一个小宇宙动作,然后,"所以你是大毛线球,我是小毛线球。"

"那得织多大的毯子呀。"子珊惊讶道。

大草小草的昵称就这么定下来了。不过一见面大草就猜错小草年龄了,子珊道:"该上三年级了,都有一米多了,怎么会只有六岁半。"

结果一量都一米三了,子珊也傻眼了,道:"姑姑家的尺子是老式的吧?"

"是英寸吗,妈妈?"小草才学了中文"英寸"。

"来来来,还是我手量比较准确。"大草让小草靠墙,真用手指比画着量起来。

虽然在小草的身高问题上,这一家子不能尺度一致,不过在其他各种感知上,全家都是超能力。再比如隔天,大草推了躺椅挨着咖啡机,然后自己在躺椅上歪靠着身子。

子佩问:"怎么了?"

却见小草正忙不迭地把她的狗狗也抱来放大草身上,抢着跟子佩姨妈说:"大草在想念咖啡,咖啡豆快递还差两小时才到。"

"那抱狗狗来做什么?"

"上次野餐布袋放过肉丸子,狗狗就天天蜷在布袋上想念肉丸子,现在狗狗和大草一起想念咖啡。"

子珊不以为然地笑道:"狗狗鼻子灵,躺布袋上也能想念咖啡。"

大草把狗狗放下来,道:"一股子肉丸子味道。"

小草道:"妈妈,我想吃咖啡卤煮。"

这么个气味相投,子佩啼笑皆非。子佩感觉这一家人氛围奇特,能自制毕加索画风逻辑,还有一股子卡通动画片般的和谐,感慨道:"你们一家都纯天然,难得的还活下来了。"

子佩还觉得,是大草帮她弄懂了子珊。不然她跟沃能一样,能分分钟找出子珊的诸多不合时宜,始终觉得子珊这样的放社会上是活不下去的,总想把她矫正成活得下去的模式。所以当小草说想要留在妈妈身边时,子佩是认可的。最想小草留下来的子珊反而吓了一跳,她又联想到小草被带走时,沃能说的那些刺耳的话了,感觉又被不愿再面对的问题单刀直入。

子佩说话一向有说服力,沃能一方面身体没有完全恢复爱莫能助,另一方面这两年的实践证明他其实是没时间照顾小草的。再则,他那边也有照顾他的人了,能当贤内助又能当贤外助的那种,算是这次受伤的因祸得福。总之,小草被允许留下了。

小草启动练妈模式

子珊一家还是住姑姑的闲置房子,子珊的居住证什么的还可以续,所以子珊很快办理了小草的入学手续。以前都是沃能去办理这样的琐事,这是子珊第一次去办理,比她自己想象的要顺利多了。

子珊跟同去的帮佣阿姨梁婶说道:"上次葛先生说很难的,没想到这么容易。"

"上次葛先生说很难的是上幼儿园,报名晚了,满员了,园长让等消息,不给准信儿。上小学是就近免费义务教育呢,太太。"梁婶解释道。从幼儿园开始,上午一直是梁婶送小草去上学,所以会带梁婶一起去看学校、教室和老师。

"葛先生告诉你的吗?"子珊问道。

"是呢,葛先生是做得多,说得也多,唉。"梁婶是沃能调教出来的,还是向着沃能。

"你觉得庄先生不好吗?"子珊问。

"好是好,要是长久就好。"梁婶心直口快,她心里怎么想,全没藏着掖着。

其实小草是办理过一年级的入学手续的。子珊与小草学校的最后记忆是,翘课。翘课去了迪士尼,惹得沃能大发雷霆。子珊自己从小到大没去教室正式坐着上过几堂课,不觉得上课是多大的事儿,突然被上纲上线成了罪状,最后导致离婚。当然只是导火索,不和谐积累到某种程度,才有这导火索的可能。不过,子珊的自省还只停留在翘课上。

跟大草说到小学,子珊会略有局促,因为想到那次闹心的翘课。万万没想到大草带小草也翘课了,大草小草第二次翘课时,子珊发现自己站在了沃能的位置上了。

第一次翘课是大草带小草去公司,小草想看看动画制作是什么样子的,大草还承诺将小草画成小公主。本来可以放学去的,小草不想等到放学去,找理由说下午又是英语,又是美术课,口口声声说:"教的课她都学过了。"

大草诧异道:"啊,那你不是正好可以当老师的乖宝学生吗?什么都会那种,我小时候班上就有女同学得宠得很呢。"

"班上已经有乖宝了。"

大草道:"好吧,我自己也翘过课,我也不能双标,我肯定是同意的,看你妈妈同不同意。"

"妈妈当然会同意的,妈妈带我翘过课,不过……"小草把后半句咽下去了。

子珊迟疑了下，小草赶紧凑上去悄悄说："我不会告诉爸爸的哦。"

小草就这么顺利翘了一次课，玩得很开心，回到家里叽叽喳喳地跟子珊讲述大草公司里都是怎么怎么样的。子珊听得也很开心，不过她没有想到，翘了第一次便会翘第二次。

第二次是小草自己跑去找大草，说想坐过山车，说上次妈妈不敢带她去坐过山车。等大草带她去了附近游乐场坐完过山车之后，小草才说到上次回去时爸妈吵架。大草这才意识到问题严重，大草便赶紧把勾画草图的本子拍给子珊看，作工作需要状。

小草又说只耽误了美术课，显然不是这样。子珊不知道该说什么，她感觉自己身体微微发抖。当年沃能的话又句句敲打着她，她从小到大甚至都没有听过一句重话，所以那些个锥心语句造成的印记，真的是很难抹去的。

"看，妈妈生气了，为什么生气呀？"好像是在问小草，其实是大草自己被吓到了。

小草熟门熟路地检讨自己，说的竟然都是当初沃能的教导："从小不学好规矩，长大就没规矩；不好好学习，长大一问三不知……我错了。"

不过都巧妙地躲开了伤子珊的话，句子里面都没加"像你妈妈一样"，但这些已足够令子珊震惊的了。更震惊的是，子珊意识到，自己想说的，竟然也是这些话。

"原来小草也懂这些大话的呀，我想想也是对的，下次小草管住大草，让大草不带小草翘课。"大草一边圆场一边示意子珊给原谅色。

子珊正好冲他来了，子珊跟大草要求道："你不能讲大话了，小草不知道什么是大话，什么是谎话，不能让小草以为说谎是可以的。"

"妈妈，小姨说大草是'蘸酱调味话'，只是蘸酱蘸多了点。我知道可以说'蘸酱调味话'，不能撒谎。"显然最缺少与人沟通经验的子珊，生了个最懂得与人沟通的女儿。

"好吧，小草什么都懂，答应妈妈的事，就真的不能再犯错，要每天反省三次，知道吧？"

"大草也要每天反省三次。"大草小草显然形成了相互监督模式，然后小草贴着大草耳朵，悄悄地说，"我以后也不会翘课了，我长大要像子佩姨妈一样，子佩姨妈好酷的。"

大草仿佛没听见小草的悄悄话，却看着子珊道："你看，子佩帮我正名了，我只是想象力比较顺滑，蘸酱蘸多了点，哈哈。"

不过后来子珊还是忍不住跟大草说心里话了，她说："说翘课，我比谁都翘得多，因为生病嘛，没有人责怪我，我也没觉得自己缺什么。我要怎么要求小草不翘课呢，不知道翘课错在哪儿了，为什么错？不过我真不希望小草像我这样，沃能这样想应该很久了,也这样说了,还说了那么多责问我的话。小草也不希望自己像我,她跟你说的悄悄话,我听见了。"

大草望着子珊道:"你本来就没有错,身体复原最重要,还有,你不是一直快乐着的吗?快乐就好。不过,不能只在阁楼上画画,外面世界太丰富了,多看看,多经历,更快乐。我也是叛逆着过来的,哪些要叛逆,哪些要循规蹈矩,我也一直没有理清楚,跟你一样。一件一件慢慢理吧,时间长着呢。"

"所以活不下去,只有嫁给大草,小草应该可以像子佩一样自己独立活下去,是吗?"

"千年一根大草,被妈妈摘了去了。"小草不知什么时候又钻出来。

"我悄悄告诉你,其实子佩也不见得事事理得清。是的,子珊子佩不一样,但大草小草都宁愿待在子珊这里,说明大草小草更喜欢子珊。"大草像是揭开什么机密,很隆重地"悄悄"说。

"是呢,就想待在妈妈身边。女神的确不怎么说话,只是略略攀眉电闪雷鸣,轻启朱唇繁花飞扬。"这是大草画上的话,小草正是喜欢说话、喜欢与人沟通的年纪,懂得比较多,常常令子珊吃惊。小草亲昵地拦腰抱住妈妈,接着说:"女神妈妈也很厉害也很酷。"

然而,然而女神妈妈很快遇到新问题了,起因是小草班上组织的手绘明信片义卖活动。小草和同小区小伙伴小卉结对成组一起在附近路口卖，明信片是她俩事先画好的，一张明信片一支彩笔卖五元钱，她俩说好赚足一百元就收摊，子珊不放心也去陪着。很快卖了五六套，小草小卉很开心。

这时来了一个人，拿了一套，直接把笔拿出来了，一边付钱一边就把明信片给揉成一团。

小草和小卉惊叫道："你把明信片弄坏了，那是我们亲手画的。"

"我就是急着用笔，你们这画那么难看我可不想要。"那人说着又刻意把手中明信片搓了搓，丢垃圾桶里了，扬长而去。

两个小朋友气出哭腔了。小草说："妈妈，我不想再摆摊了。"

"不摆就不摆吧，收拾收拾我们回家，剩下的卖给妈妈吧。"子珊赶紧帮忙收摊，末了又说，"别生气了，那人画得肯定更难看。"

正好小卉妈妈下班赶到，道："小朋友们做公益献爱心，摆摊也是社会实践，怎么能说撤就撤呢？怎么能自己掏钱买作数呢？什么叫肯定更难看，两孩子画得挺用心挺好的呀，多童趣多可爱呀！"

又质问子珊道："顾客不要明信片可以不拿走的呀，你怎么由着人家羞辱小朋友呢？说个'不'字很难看吗？就不端庄不优雅了吗？小处不纠正，等累积大了，那才更难看呢！"

小草维护自己妈妈："我妈妈讲英语很厉害，那人听不懂，所以没有讲。"

子珊嘟囔了一句："不是,我想,是那人看不懂。"

听起来蛮有道理,小卉妈妈语气缓和下来了,不过还是坚持,一定要孩子们学会说"不"。强调说"不"时,小卉妈妈眼睛却是看着子珊的,没有那么大声说话了,但是,话还是很重的:"现在条件好了,养尊处优也不是错,不过可不能在享乐窝里做温水青蛙,把自己活废了,把孩子们带废了。还是要有思想,要有原则,要有底线。"

"我妈妈是画家,可有思想啦。今天主要是做公益,所以妈妈很能忍。妈妈,你说是吧?"小草像小时候的子佩,伶牙俐齿,不过是小棉袄版的。总想把子珊督促成令她骄傲的妈妈,可以向同学们炫耀的妈妈,显然她的努力正一点一点起效果。

子珊整理了情绪,道:"下次我会帮忙做宣传大海报,把公益的目的说清楚。我们大家常常不能互相理解,但是,至少,能理解公益。"

显然彻底说服小卉妈妈了,她道:"小草妈妈说得对,我们要主动传达解释公益的目的和意义。"

子珊也自我检讨,道:"小卉妈妈也说得对,的确应该阻止无理行为,刚刚那人太令人意外了,没来得及阻止。"

接着,两个妈妈陪着两个小姑娘把义卖的任务完成了。临走时小卉悄悄告诉小草:"我妈妈是培训师,我妈妈比较厉害,是吧。"

"我妈妈也很有思想,是不是?"小草很开心,因为自己妈妈也不逊色。不过回家跟大草说了心里话:"我差点以为妈妈要人设崩塌了呢,结果呢,妈妈把小卉的培训师妈妈也说服帖了。"

说得子珊也满心欢喜,一蹦蹦到大草面前说:"现在我也是培训师。是吗?不是吗?"

大草却笑道:"你开心就好。子佩说得对,改进或者不改进,你都纯天然。不过,你看,我下班回家不需要面对一个培训师老婆,多好。"

有五味杂陈的水墨画儿吗？

子珊并没有进大草的公司，只是会被安排画些小角色，反正是做着画画的工作了。开始与她联络的大师姐，第一次见子珊便说："大宇的眼光真没说的，倒不是浓墨重彩光彩照人，更像是惊鸿一瞥，真可谓'阁楼上的仙子'，美得太纯粹了太天然了。把我们这些比得都成了庸脂俗粉，哈哈。"

大师姐简简单单穿了身休闲服，其实几乎不施脂粉，自称自己四十多岁已是公司里最年长的人，所以可以倚老卖老做些八卦知识普及工作，她显然早早知道子珊的情况。事实也是如此，来了两次，工作的说了，不是工作的也要说。

子珊再不谙世事，也知道被教育模式，她被教育的经验比较多。她的不谙世事，也没妨碍她仍是个有好奇心、有趣的女人，她的确也好奇大草的方方面面，所以笑纳。心里忍不住自嘲"又被教育"，因此听大师姐的讲述，一直笑盈盈的，属自嘲偷笑和礼貌陪笑。大师姐看她笑得这么开心，很受鼓励，公司来历呀，公司头头来历呀，员工们来历呀，做过什么项目呀，每个小组都负责什么呀，上司都什么习性呀，如数家珍。年轻公司的员工说到上司们，多少会有些调侃，虽然大师姐会时不时插播些满满褒义的故事来平衡。

子珊只关心大草相关。听大师姐说到大宇是个逍遥派，子珊便想难怪大草能在英国一呆一个月。听大师姐说到，大宇虽然年轻，不过管理他那一块还很有一套的，子珊偷笑着在心里说，幸好大草像个赌气的小男孩直着脖子与子佩争执的情形，都没被他的同事们看到。

然后大师姐又说到大宇了。说他们公司接的动画项目，都不只是动画卡通，都是与游戏挂钩的，里面碰巧有一个女神名字 Sandy[34]，据内容方说，其实就是 3D[35] 这么改过来的，哈哈。根据原剧情，她是要死掉的。死了就死了呗，大家没觉得有啥，结果大宇非不让死，给硬掰出"可重生"的环节，倒是多了不少梗，甲方也通过了。隔了好久，大家才知道，Sandy 是你的英文名。大家都笑得不行，吐槽"早说嘛，绕那么多弯"。

大师姐说："最主要的是，大宇一副猜不透在想什么的样子，你知道哇，后来大家回忆觉得大宇自己也不知道为什么非要改情节，哈哈。你说这算不算是大宇的怪癖？也许是一种缘分，因为大家算时间，他那时还没有你。"

接着大师姐话锋一转，说："不过大家都很服他，大宇是创意担当,还是业务能力担当,不容易哦,大家都知道大宇其实是学工业设计的。"

子珊纳闷道:"他不是学油画的吗?"

大师姐不知自己说错了什么,迅速敏捷岔开话题了。子珊倒没很在意,大草他们沾个边就师姐师弟的,她见多了。不过不久,真有人很在意地拿这个出来说事了。

"大宇他跟你不是一个导师,我跟你才是一个导师的师妹。我就是来看看,其实我们见过,上次你不是一个人,我也不是。"小师妹见面就说。

子珊认出那天在导师家里见过这位小师妹,不过子珊脑子里并没有把她与大草联系在一起。子珊是与陆辉一起去的导师家,小师妹也不可能没看到,虽然导师家很大,她们几个小年轻一直在画室忙乎。

"你没去过大宇的家吗?他家进门就看得出主人搞什么工作的,你家看起来真不是那个调调。"小师妹闲闲环视四周,闲闲道。

"大宇那里,就是比较乱。梁婶给收拾成这样了,她没学过画。"子珊这样解释。

"大宇在我这边跟前跟后有些时候了,我还没来得及决定选择他,听说你是喜欢随遇而安被选择的。"她目光炯炯地望着她,或者可以说,进门就一直目光炯炯的,眼睛也的确有够大。

她接着说："你觉得你俩真合适吗？比如说，你不知道么，他很能说话的，为什么他跟你话不多呢？他在我这边跟前跟后时话可多了。"

子珊愣住了，心想好像的确这样呢，大草跟小草话多，小草跟大草也话多，跟自己，反而没那么多话。不过要知道，小宇宙的练妈还是有那么点效果的。子珊突然想到什么，说："大宇真的不是一直多话的，他说最安全的时候，也许不需要说话。"

这是大宇夸她的，她用来反驳小师妹了，她不知道那只是大宇维护她的说辞。

"哈哈，大宇什么时候追求过安全啦，搞创意的人，最怕就是求安全了，你的婚姻里那么多言不由衷是嘛，所以你的感情每次都走不长远。"小师妹笑了，脸上多少流露些嘲讽。

"好像是呢，满满的都是喜欢，慢慢地会变成都不喜欢了。"子珊被小师妹带沟里了，无可奈何回顾道，她整个人都凝重了。她想到，大草口口声声说她是女神的，不容亵渎的样子，现在也改口说"女神手足无措的样子很可爱"，不知道是调侃还是表扬。

看到子珊仓皇的神情，小师妹明显有些不忍心，语气也缓和下来了，道："好歹你也当过他的女神呀，我们可都是地表妞呢。"

"其实我也很想当地表妞，我妹妹子佩说她就很地表妞，放进社会能生存的。我妹妹子佩说能独立生存的,都是可爱的女人。她还常常调侃说,地表姐直接把我比下去了。不过我上街也是能买咖啡喝、能买煎饼果子吃的,能活下来,嘿嘿。"子珊说得很诚恳,当然把不服气也说出来了。

不过,子珊完全没有意识到小师妹的敌意,还在沟里反省:"从小到大,几次手术都可能死掉,大家都以为我走不出阁楼了,大家都担心我生小草会死,我只是没有死,也走出来了。我其实没有去想会不会死,要不要走出阁楼,我一直很幸福,晴天的阁楼上光影很美,雨天的阁楼很诗意,雪天的阁楼很童话。真的没有思考安全不安全的事,安全也是不安全,不安全也是安全,你说是吧。"

"所以你从来不抱怨,好的不好的,就像雨雪或晴天一样天然是嘛。你看起来真的很女神,不过一说话,就很幼稚。"小师妹打量着她,叹气道:"原来他喜欢这样的。"

子珊在阁楼上习惯了不穿鞋,沃能特地给姑姑家大客厅装了木地板,家里有客人时,梁婶才会拿双拖鞋给子珊穿上。梁婶正好给子珊拿了绣花拖鞋来,见坐子珊对面的小师妹也光着脚,仿佛犹豫了下,刚刚明明给了她一次性拖鞋的。

子珊忙说:"梁婶你帮忙泡杯茶吧,把我的茶杯也拿来。"然后回头跟小师妹说:"他一会儿就回来了。"

小师妹道:"我不等了,我只是来看你的,有些逻辑要理顺了,已经顺了。"

小师妹理顺了，离开了，子珊坐那里，脑子里千头万绪，还在沟里。想到沃能离开时的无力感，想到离开陆辉时的无力感，竟然比她生病、手术都难多了。从小到大，虽然有困难，却一路向好。周围有亲人们的呵护和鼓励，所有的希望和祝福都变成了真的，然后会觉得这辈子所有的祝福和希望都会成真，然而，并没有。

大师姐这样给子珊解释，"大宇那么帅，很多女生喜欢他很正常。大宇每交一个女朋友，都让大家大跌眼镜的，这次结婚也是，完全没有告知。小师妹也有很多男生追的，也还没有定情于大宇，但是女生嘛，多少会有点占有欲。"

听大师姐这么说，子珊回想小师姐，真的也很美，忽闪忽闪的大眼睛，仿佛短发要蓄长，蓄到一半了，凌乱地抓了抓，扎了个半丸子。心想，大草很帅很优秀呀，怎么没被她选上，转念一想，幸好没选上。

大草听说小师妹来过，说："很好呀，她理顺了，我肯定是被她从她的编队清理出去了。我到你这'安全也是不安全，不安全也是安全'编队了。"

小草也来抱团："我也在子珊安全不安全编队了。大草话多的时候很多话，大草安静起来很安静，他在思考。"

大草道："小草最懂我了，我要说的，都给讲出来了。大草小草太多话，把子珊的话给抢完了，所以大草小草最懂子珊了。"

子佩也被溯源追责了,她首先联想到子珊一家和谐交流卡通画面,忍不住哈哈大笑:"能说很多话,是我对爱情婚姻的理解,其实你们一家并不是不能说很多话,其实你们挺能说到一块去的。哈哈哈。之前听念念说你像水墨画,我当时心里就想,哎呀,真的像呢,现在觉得你们一家卡通儿童画挺好的。水墨画就归我吧,哈哈。"

子珊道:"你还笑呢,你见过五味杂陈的水墨画吗?我现在就是呢。过往那些不愉快的瞬间,总是出人意料地来给上一笔,两笔,很多笔……"

"能够轻易放手的,都不是什么大不了的问题,你看小师妹能轻轻松松放下大草。你能放下葛沃能那些个变脸,才是对的,你很快与陆辉在一起,当时我也没有反对,就是希望你尽快摆脱葛沃能带给你的痛苦。还好那时还没遇见念念,不然我也不知道怎么办,唉。放下陆辉是你自己的决定,告诉你自己,这也是对的。水墨画要做减法,去除那些五味杂陈。"子佩说着说着又从"姐姐的特立独行妹妹"变成了"女儿的苦口婆心妈妈"。这也是子佩一旦遇到子珊的事,就变得不水墨的原因,太上心了,等于是跟着焦虑。

"你等等,我先做几个深呼吸,我感觉我又变成苦口婆心妈妈了。"子佩急刹车。

再回电话,子佩道:"我水墨回来了。人生就要举重若轻,不能把自己堆砌在烦恼琐碎里。告诉你自己你现在是卡通儿童画，卡通儿童画是要做加法的，一笔，两笔，很多笔，那都是满满的小温馨小确幸呀，再堆砌也是快乐琐碎呀。之前没跟你说过，爸妈一直觉得你太清冷了，不适合家庭，现在正好是宜家宜室的画风呀。"

"以前没有人跟我说话，爸妈说你们都带细菌，沃能跟他的朋友同事们高谈阔论，总说我什么也不懂，陆辉也不说话。现在旁边大草小草闹闹喳喳，清冷不了呀，这就成了卡通儿童画风的地表姐了吗？"

"你离地表姐还有些距离呢，地表姐不是一辈子只遇到愉快，而是遇到愉快或不愉快都能活成愉快。不过我肯定你很快就变成地表姐了，能自制毕加索画风逻辑，还能给家里搅和出卡通动画片般和谐的宜家宜室地表姐，哈哈。"子佩显然并没有水墨回来，不过苦口婆心显然起作用了。

"那我是不是得早早准备些表情包呀。"子珊很开心。

爱与美味不可辜负

大草的地表妞们

既然表情包典故源自大草的地表妞们,子珊准备表情包当然直接找大草了。子珊好奇道:"你的地表妞编队给我看看。"

大草吓一跳,道:"我哪有什么地表妞编队,我自己都在咱家三人编队里呢!你不是女神嘛,女神也来这一手吗?"

抵触归抵触,手机还是交出来了,见大草的手机社媒上,果然一溜儿地表妞在闪烁。地表妞们个个活泼甜美,表情包丰富。见子珊只是探索新奇特,并没有找什么茬,大草道:"表情包我给你下载几箩筐你慢慢选就是,地表妞们你很快就都认识了,哪里需要这样搜查?这样多没范儿呀。"

大草并没有着手给子珊下载表情包,不过大草的地表妞们倒是真的一个接一个,粉墨登场了。子珊这样性格的,基本不可能与腼腆单恋的男生有交集,基本都是积极主动进攻型男生才能叩响她的心门。没想到大草的地表妞们个个都是进攻型闺蜜，当然，地表姐们进攻特点主要表现在活泼开朗不矫饰，永远掌握沟通主导权。

接着出现的是小师妹的闺蜜小楠，她代替大师姐送资料来，也是个话匣子。不过她自称话多的理由是，她是负责营销的。果然，这小师妹的闺蜜，三句两句就把上次小师妹来的谜底解开了，说其实小师妹是不忍下手。

原来，小师妹说，子珊只是把她当成没头没脑的一场雨雪，子珊也没头没脑一并接收，还热情招呼她喝茶。小师妹还说，所有的交手只适合人间社会，不适合萌宠，哪怕是大只的仙女范的，萌宠。那样的一脸无辜，作为人类，再桀骜不驯的人类，真下不了手。就这么败下阵来了，这事就此了结了。

子珊惊讶道："下手做什么？"

小楠啼笑皆非，道："其实'小师妹'三个字真是她的昵称，她是真的甜美聪颖可爱，大家都喜欢这样叫她。她外表不羁，其实是心软妹子，她是给自己制造一个借口放下，哈哈。她的追求者编队里的确有很优秀的，绝不比大宇差，现在正好可以督促她定下来。"

说完小师妹，不等子珊发言，小楠又说到大师姐："大师姐是改了行了，我也是。她是画画出身的行政主管，我是画画出身的营销主管，仿佛，仿佛可以说是为了生存，不过我们也喜欢现在的工作，也适合我们现在的工作，这是我们的生存。大师姐其实不是完全不化妆，只因有人顺口说了一句，你们搞行政的不是应该穿很职场的套裙，化美美的妆嘛，所以这阵子突然不太化妆了，可能隔一阵子才能把这个结跨过去。虽然我们改行蛮好的，可还是会被刺激到，哈哈。"

子珊也大笑，调皮道："是呢，不发套裙制服，就不化妆。"

小楠不得不解释道："不是呢。搞业务的总好像是公司主力，搞行政的总好像是后方服务部门，大师姐是不高兴别人不当她是主力。这其实涉及到自信的源点，看你底气源点在哪里了。比如，小师妹人漂亮专业好，我呢营销能力强，我们的底气源点不一样，不过都很自信。搞我们这行的，的确不拘泥于涂脂抹粉，因为有足够自信特立独行。大师姐也是个很傲气的人，虽然她说早就只关心老公孩子，早就不争艳了。那么好的老公、女儿、家庭，她常常挂在嘴上的，未尝不是她的底气自信源点，可一不留神，还是会有想不开的时候。哈哈。"

子珊这次抓到重点了，道："我能理解呢，我也有好家庭好老公好女儿，可还是常常会为别人眼里那些活不下去的种种缺陷，而崩溃。"

"嗯呢，底气自信可以有很多种，不需要那么拘泥个个活成白骨精。不过出门在外，总是有这样那样的事，来摧毁你的自信，每次被摧毁一点，自己得自我修复起来，再次被摧毁一点，还是得自我修复起来。"小楠道，"你也是，不要给自己太大压力，发自内心地活成快乐幸福模样就好，不用非得照搬硬套哪个模式。"

子珊为难道："可是我家人希望我有工作，多接触社会。"

"你家人这么想也是对的，不过要多走出去。给自己找自信底气源点，也不是守着一个源点不动弹了，找源点是给自己找更多余地，进可攻，退可守，才能百毒不侵，哈哈！"小楠又道，"对了，我们这样送资料过来，送不了几次，画多了，你始终要参加小组项目讨论会议，进工作系统，不然衔接上会有问题的。还有，过几天我们项目组有个露营聚会，主要是BBQ[36]，你也来玩吧，不要老闷在家里。哈哈。"

项目组的露营聚会本来只有三个女组员，听说子珊要来，硬是突击报名了三个外挂女组员。她们个个跃跃欲试，想满足下自己的好奇心。打过招呼之后，她们先是窃窃私语，明显是在评说子珊，然后忍不住一个一个过来跟子珊说话。

小楠贴心地陪着子珊，帮子珊应酬这些个古灵精怪的地表妞。地表妞们见状，就先从小楠下手了，质问道："你不是为了小师妹，都不愿意送资料的吗？怎么立场变了？"

"先跟小师妹报备了，小师妹找到更好的了，各自幸福，多好！这个结，已经解了。现在小师妹都没觉得啥，我当然就没啥了。"小楠哈哈笑道。

她们当着子珊的面，一来一往地调侃，同时也友好地与子珊说话寒暄，当然，免不了要比较子珊和小师妹。一个姑娘忍不住说："我们六个人有两个觉得你更好看，有两个觉得小师妹更好看，有两个觉得你俩都非常好看，哈哈。"

"大宇的眼光,当然都是女神级的。哈哈。"小楠笑道,然后跟子珊说,"我们这些姑娘个个都傲骄,做这一行眼光又很锐利很挑剔,她们说美,那是真美。"

于是,你一言我一语,姑娘们更多反馈也来了,比较多是感慨:"你的纯天然,成本太高了。你多幸福呀,你要的工作只是一种生活方式,工作对于我们来说,更是一种生存方式。"

还有比较尖锐的问题:"还有一种可能,不是你发力去挣下的,就没有那么多得失计较,是吗?"

小楠帮忙避重就轻地一一挡回去了:"工作就是工作,工作是要拿工作量出来的哈,没听说谁方式方式就过关的哈。""没有人没得失心,不计较那是大度。"

她们这个度假村露营是给配了厨师的,不需要自己做很多活儿。所以聊过一阵子之后,姑娘们都去玩飞盘了,没有邀子珊,估计还是把她当病人,没敢邀。

小楠道:"小夏——,帮我照顾下子珊。"

剩下的一个在捣辣椒的戴眼镜姑娘应道:"嗯呢,没——问——题——"

"不用发言的女神,帮我拿个碗来好吗?"这小夏蹲着捣辣椒,黑框眼镜衬出她的美美鼻梁。

子珊递给她一只碗,道:"你也不爱发言,是吗?"

小夏笑道:"我爱看《名侦探柯南》,我觉得结案陈词比较酷,就是做总结啦,哈哈。她们去玩飞盘了,我来帮你做总结吧。我是投你票的,我觉得你和小师妹都非常美,不过在人群中,你会更不一样更突出。我们每个都想要特立独行,你是特立独行到决绝,虽然是因病被迫的。我们都做不到像你那样与世隔绝生活那么多年,当然也不可能有你那种别样的惊艳,我们始终都是地表妞一枚。"

小夏站起身来,手指戳下镜框,手背擦了下被汗水打湿贴在额头的刘海,也就是一个瘦小女学生模样,不过说话却头头是道:"既然你的纯天然成本高企,不如就此好好享用。搞艺术的对纯天然是真爱,尤其像你这种一尘不染的美,所以你这段婚姻也会很长久。我在这里实习,不过就要去另外一个公司工作了,可以多点大实话,哈哈。所以,小楠照顾你是工作需要,我照顾你是真心喜欢你,如果你也想玩飞盘的话,我陪你去,哈哈。"

子珊下意识地低头看了下自己,平时在家喜欢穿长裙袍子,如果不是袍子,就是穿素色垂感的肥大衬衣和灯笼裤,也很像穿袍子,今天配合露营特地穿了棉T恤和工装裤接地气。被好奇地包打听,被夸美丽惊艳,也听多了,不过真的是第一次有女生说喜欢她,子珊感激道:"谢谢你这么肯定我。我还不太习惯跟大家一起玩,人多的时候,我常常感觉在陌生丛林,好像自己会非常小心翼翼。"

"你觉得别人是你的丛林,其实你也是别人的丛林。"小夏笑道，"的确，上次大师姐给你送资料后有感慨说，所以富养女儿，不是财富的富，而是丰富滋养。于是，我们每个都着急想教会你什么，其实你每次不用教，每次都声东击西、歪打正着，跌跌撞撞却总是走出个光明大道来。不过学做地表姐这件事，你可能跑不赢我们了，我们毕竟先跑了这么多年了，个个练就一副好身手，哈哈。你就当你的女神好了，哈哈。"

说完小夏随即捂嘴笑了："我好像又绕回来了。"

子珊会意道："还是最合适做自己，是吧，哈哈。"

子珊的港湾

再见到子佩时，子珊说到这事，道："既然小夏说我自己能走出阳光大道，我告诉大草，以后不要跟别人再提我生病往事了。我虽然是新手，但是不想在车上贴个实习。要让大家知道，一旦上路，我能应付。再紧张怯场，还是得自己硬着头皮去经历，然后朝着地表妞进化，一步，两步，很多步。"

子佩道："如果小楠不帮你，你也能一一应付大家的问话，是吗？"

"不知道呢，不是说声东击西、歪打正着、跌跌撞撞，却总是走出个光明大道来吗？"子珊边怯场边自我鼓励。

子佩追问："比如说？"

子珊挑战道："我的工作不是方式方式，是真的要一份一份画出来的呀。""不去想得失，不行吗？"

"这个不就是小楠说的嘛，这个不算。"子佩高标准严要求地把关。

"你们把道理都说完了,我怎么说,道理不是一样的嘛。"子珊说完紧接着自己给自己把关,道,"好吧,这个是大草说过的。哈哈。好吧,我再想想,哈哈哈。"

子珊捧着腮帮,想了下,道:"得失得失,不是有得有失嘛。""还有,还有,生存方式难道不是生活方式吗?哈哈!"

几个月不见,子佩感觉子珊的变化出乎意料,诚惶诚恐的子珊不见了,没想到跟子珊聊天可以这样轻松嬉笑。子佩感慨道:"跟你聊天终于有点像闺蜜的感觉了,我也希望姐姐是我的闺蜜,而不是女儿,哈哈。"

"不是闺蜜,不是女儿,姐姐就是姐姐,姐妹就是姐妹,哈哈。"子珊笑得前仰后合,这也是子珊以往没有过的。

"好吧,新手上路了。"子佩投降说。

子珊长长舒了一口气道:"我好像不缺什么了,也许不像地表姐们那样有一副好身手,不过该有的我都有了。"

子佩想了下,笑道:"我其实是想把你培养成地表姐的,功能强大一副好身手那种,不过得承认,你是对的。对了,你说的这个小女生倒是提醒到我了,的确该有的你都有了,你还缺一点点——去爱。"

"你一直被爱着,被保护着,被照顾着,现在要试着多去爱别人,爱你的大草小草,爱你的亲人朋友们,欣赏他们,照顾他们。主动去爱,对爱有回应,你才会发现活着很美好。热爱这个美好世界，打卡感受这个美好世界，才能发现你是你世界的主人，你有真实地活过。热爱是生命中最美好的情感，因为热爱，你的世界会变得更美好、更生动、更有活力，这样你的画也可以多点色彩、多点力道、多点饱和度，会更有生命力。"

"我有热爱，我是被大草小草点活的人偶子珊，有了灵魂了，不再冷淡风，"子珊模仿着人偶，一句一顿地说话，接着绷不住了，笑道，"每天大草小草满屋子闹腾，你一句我一句说相声，我也冷淡不了，哈哈。"

"嗯哪，我知道你有热爱。你不是说，听大师姐说到大草优秀时，会很开心，会去维护大草在员工们心目中的形象，这个这个，不再事不关己无辜脸应对了，哈哈哈。"说到子珊的无辜脸，子佩忍不住笑，又怕打击到子珊，迟疑了下，最后还是憋不住说出来了。然后子佩又鼓励道："应该还有很多呢，正好可以展示给大家看哦。"

"展示给大家看？"

子佩忍不住给子珊透露道："本来大家说好先瞒着你的，给你过生日的事。有大草画你的画像视频，很多很多细节，大草爱你的细节。你也找找你爱大草的瞬间，到时出其不意地也放映出来，会很有效果哦。我也想看看你的家庭生活，我很期待哦。本来我们为你准备惊喜，结果你给我们一个惊喜，多好。"

"我想的多，做的少，算不算，哈哈哈。看到喜欢的东西，感觉快乐的事情,总想告诉大草,想过很多次,数不清那种。"子珊想了想又说,"不过学会做大草喜欢吃的水煮鱼了,也会做小草爱吃的咖喱牛肉饭了,看到大草小草吃我做的菜,吃得那么香,会很开心。你知道嘛,甚至想到大草小草吃得很香的样子,我会微笑,会有很甜的感觉,真的呢,哈哈。以前我不做这么重口味的菜,没想过为谁改变,没有人要求我,我也不要求别人,我的饭菜像传送带送上来的,我以前的生活也像传送带送上来的,哈哈哈。"

"你现在的生活呢?你是……"

"我给大草小草准备传送带了呀!"子珊抢着说,"大草根本不管家事,梁婶便来问我,我就这么变成啥啥都要操心了。"

生日前的准备,基本都是瞒不住什么人的,小草和子佩两个先秘密策划,然后又多了个子珊。当然大草是知道的,大草对于仪式似乎并不热衷,于是成了子珊为自己操办生日,这是子珊第一次去组织活动,子珊也兴奋不已。是组织家庭生日聚会呢,还是邀大草的地表妞也参加?是在家举办呢,还是去租个大场地顺便搞活动?各种方案翻来覆去定不下来,不过最令子珊绞尽脑汁的是画大草,恨不得把全天候大草一并画出来。

看了子珊画中的自己,大草分明很开心。于是大草小草开始演画中的自己,每演一个动作,两个哈哈大笑。

末了,大草道:"居然瞒着我画了这么多,你眼里的我居然这么可爱!都说大草爱子珊爱得不可自拔,原来子珊也爱大草爱到一镜到底。"

"我不想瞒着你画画了,反正我什么什么都想告诉你。你看看我的画,画的都是你,子佩让我画的,画出我热爱的大草。大草爱着子珊,还是爱着爱大草的子珊?"

"大草爱着子珊,更爱爱着大草的子珊。"大草这话说得极其顺滑,要是个地表妞听着会觉得太顺滑了,子珊这点好,她全信。

"你们说来说去都没说到爱小草,那小草就像狗狗一样,只爱肉丸子好了。"小草也来凑热闹。

"爱不只是说说的,还要看表现,小草是我们家的主角,子珊和大草都爱小草。"子珊赶紧安抚小草。

"我们家三个主角三原色,每个主角都有两人爱,缺了谁都不行。"大草言之凿凿,接着转头望着子珊道,"如果你只是配角,惊鸿一瞥,很容易只留下惊艳;如果你是主角,在聚光灯下了,在琐琐碎碎中无从遁身,自然好的和不那么好的都被看到了。喜欢你的,能包容你的好和不那么好,所以在这里当我家的主角挺好,不需要当惊鸿一瞥的仙女。"

"好吧,子珊主角留给大草小草,惊鸿一瞥留给别人。"子珊笑道。

"都说你纯天然,不谙世事,看来很有心机呀。"大草另眼相看道。

"好吧,批准你把我的心机画出来,这个不是惊鸿一瞥仙女范是嘛，要画得可爱点哦。"

"妈妈，我帮你在色谱里找找，看是调了什么色哈。"小草机灵相声道。

子佩这次来是有工作在身，工作之余会在子珊这里聊聊，子珊也开始自称"忙忙忙"了，子佩莞尔。见子佩笑得意味深长，子珊为自己辩护道："我不是为生日忙，这次回国，家里有了大草小草，我一直在忙，像燕子筑巢一样忙这个家。现在又有工作了，要交画稿了，真的是忙里又忙外，事事都要我操心，不过操心很快乐，哈哈哈。也渐渐明白地表姐是怎样炼成的了，也知道，为什么我现在不做惊鸿一瞥仙女范反而更有幸福感受了。"

"好吧，你家现在都一镜到底，我要嘲笑嘲笑我家剪辑师，告诉他照这样下去，他就失业了，哈哈哈。"调侃归调侃，子佩接着维护自家剪辑师道，"爱你的人，更多地记住你的美好可爱，会把你的美好和可爱剪辑在册。"

"嗯哪，我就是这样爱大草的，我已经画了好几幅大草了。梁婶说我以前做什么都不得劲儿，说现在我每天在兴头上，哈哈。因为热爱，我觉得我每天元气满满，就是这样子的。"子珊欣喜地给自己下定义，然后道，"并且我决定邀请地表姐们一起生日聚会，因为我自己也已经地表着色了。哈哈，这是由小草的调色板想到的。"

从被过度呵护，到开始去照顾呵护小草，从享受大草看似不经意的呵护，到反过来去照顾呵护大草。子佩发现，这个女主人子珊，变化很大，她的纯天然也没被数落、被矫正、被规整，依然活色生香。子佩感慨道："看到你现在有大草小草两个小玩伴，真好。没想到真有一种活法，可能比较天然，也可以在人群中活得不错。这是大草给你的港湾。"

"嗯哪，现在我是子珊，大草小草的子珊，我自己的子珊。"子珊觉得，她已经做好准备去迎接一个新的自己，重生的子珊。

注　释

1　此处为流行表达，指集结。
2　2014年左右的一种流行游戏。
3　此处是"食物产业链"的简写，后同。
4　此处是口头梗（"梗"为网络流行用语，意思同"哏"。）
5　此处指比传统的中国人还要传统。
6　soulmate，灵魂伴侣。
7　流行语，指前后转变大，后同。
8　此处"富养"并非指金钱投入多，而是指在培养过程中强调全面性，"富"偏指角度多、层次多、涉及领域广和门类齐全。
9　原本指一种盆景，此处形容对方的外貌特征。
10　手机应用软件。
11　Tonny，托尼。
12　Identity，此处指标识。
13　Office Lady，白领女性。
14　Public Relations，公共关系。

15　川渝方言，勉强经营得下去。

16　此处指精算时间、精力、期待的投入产出比。

17　case，场面。

18　全新的世界。全新的故事。

19　CP，Coupling 的简写，配对。

20　Penny，彭妮。

21　蕾丝边，Lesibian 的音译，女同性恋者。

22　全画幅，全幅尺寸的数码相机感光元件。

23　VIP，Very Important People 的首字母缩写，贵宾。

24　bug，缺陷，（程序）错误。

25　此处指自由发挥。

26　pose，姿势。

27　MV，Music Video 的首字母缩写，音乐短片。

28　DIY，Do It Yourself 的首字母缩写，自己动手。

29　babysister，保姆。

30　COS，指 Cosplay，是 Costume Play 的简写，情境扮演。

31　hold 住，流行词，指掌控住。

32　Wi-Fi，wireless fidelity 的简写，无线网络，此处引申指影响范围。

33　流行语言，指思维方式、行为方式接地气的姑娘。

34　Sandy，人名，桑迪。

35　3D，3-Dimension，三维。

36　BBQ，指 barbecue，烧烤。